NO
SOMOS
DE ESTE
PLANETA

NO SOMOS DE ESTE PLANETA

GEOFF RODKEY

Planeta Junior

Título original: *We're not from here*

© 2019, Geoff Rodkey

Esta traducción es publicada por acuerdo con Random House Children's
Books, una división de Penguin Random House LLC.

Traducción: Graciela Romero

Diseño de portada: Planeta Arte & Diseño
Ilustración de portada: © Luis San Vicente
Lettering de portada: David López García
Diseño de interiores: Eunice Tena

Derechos reservados

© 2022, Editorial Planeta Mexicana, S.A. de C.V.
Bajo el sello editorial PLANETA JUNIOR M.R.
Avenida Presidente Masarik núm. 111,
Piso 2, Polanco V Sección, Miguel Hidalgo
C.P. 11560, Ciudad de México
www.planetadelibros.com.mx

Primera edición en formato epub: junio de 2022
ISBN: 978-607-07-8897-0

Primera edición impresa en México: junio de 2022
ISBN: 978-607-07-8870-3

Impreso en los talleres de Litográfica Ingramex, S.A. de C.V.
Centeno núm. 162-1, colonia Granjas Esmeralda, Ciudad de México
Impreso y hecho en México – *Printed and made in Mexico*

A todos los niños que han tenido que empezar de cero en un lugar nuevo... que, si lo piensan, somos casi todos.

1

EL RUMOR DEL INSECTO GIGANTE

LA PRIMERA VEZ que escuché sobre el planeta Chum llevábamos casi un año en Marte. Estaba en el centro recreativo con Naya y Jens, tomando un descanso de la filmación de un video que nosotros mismos escribimos. No recuerdo si era *Cómo ser tu propia mascota* o *Los diez mejores baños en la estación de Marte*.

—Mi papá dice que encontraron planetas donde los humanos pueden vivir de manera permanente. O sea, podemos respirar su aire y todo. Pero... —Naya bajó la voz, se estiró sobre la mesa como si nos fuera a contar un gran secreto y, antes de continuar, miró a su alrededor para asegurarse de que nadie más la estaba escuchando.

—Ya hay aliens ahí. Y parecen insectos gigantes.

—¿Qué clase de insectos? —preguntó Jens.

—No sé —dijo Naya—. Creo que mosquitos.

—¿Son peligrosos? O sea, ¿tienen con qué picar? —Un planeta lleno de mosquitos gigantes sonaba aterrador.

Naya negó con la cabeza.

—No hacen lo que hacen los mosquitos. Solo se ven como ellos. Y son muy inteligentes.

—¿Tan inteligentes como los humanos?

—Sí. Quizá más.

—¿Son amigables?

—Supongo que sí. Digo, saben que existimos y aún no han intentado matarnos ni nada.

—Yo preferiría ir a Novo —comenté. Esto fue unos meses después de que el Consejo de Gobierno anunciara el descubrimiento de Novo en un sistema solar cercano. Es un planeta que podría albergar vida humana, aunque no del todo, y el Consejo estaba analizando si era posible «terraformarlo», es decir, hacerle modificaciones que nos permitieran vivir en él.

Naya soltó una trompetilla burlona.

—Lo de Novo no va a pasar —me aseguró negando con la cabeza—. Si fuera posible, ya estaríamos en camino.

—No necesariamente —le contesté—. Novo está muy muy lejos, así que primero tienen que estar seguros. Y es difícil estudiarlo desde aquí. Además, necesitan tiempo para tener listas todas las cabinas de biosuspensión. —El viaje a Novo tomaría quince años terrestres, y la única forma en que una nave llena de gente lograría sobrevivir al viaje sin quedarse sin comida y agua sería por medio de la biosuspensión. En teoría es como quedarte dormido, salvo porque dura mucho más tiempo y vomitas un montón cuando despiertas.

—¿Tu mamá te dijo eso?

—¡No! Salió en los anuncios semanales. Mi mamá no me dice nada. —Mamá fue elegida como parte del Consejo de Gobierno (CG) desde su creación, justo después de la llegada de las primeras naves de refugiados a Marte. Supongo que era algo de mucho prestigio, pero a mi familia no le dio ni beneficios ni información privilegiada. Para mí solo significó que ya nunca veía a mi mamá, porque se la pasaba trabajando.

—Yo voy a volver a la Tierra —anunció Jens.

Ante esto, hice un gesto de fastidio y Naya suspiró.

—¡No puedes volver a la Tierra! —le recordó a Jens por cuadragésima vez.

—¿Por qué no?

—¡Allá todos están muertos!

—¿Y qué?

—¡Pues que ya nadie puede vivir ahí!

—¡No-oh! —insistió Jens—. Podremos vivir allá de nuevo. Solo tenemos que esperar un poco.

—Sí, como mil años.

—¡No-oh! ¡Solo un año o dos! Eso dice mi papá.

—Tu papá se equivoca.

—¡Claro que no!

Sin duda habrían seguido con esa discusión hasta que Jens se echara a llorar, lo que ocurría cuando intentábamos convencerlo de que ya no se podía vivir en la Tierra, pero en ese momento pasó un anciano junto a nuestra mesa. De seguro llegó en una de las últimas naves, porque tenía el rostro lleno de heridas rojo oscuro, típicas de la radiación.

Cuando nos vio, se detuvo y se acercó a nosotros.

—¿Están haciendo otro de sus videos, muchachos?

—Sí, señor. —Le sonreí y él me devolvió el gesto. Cada que hacíamos un nuevo video, el encargado de la Noche de Películas en el centro recreativo lo proyectaba en la pantalla grande antes de la película principal. Ya llevábamos casi una docena, y esos videos nos convirtieron a Naya, Jens y a mí en celebridades menores entre las más o menos cien personas que solían ir a ver las películas.

—¡Échenle ganas! —nos dijo el hombre—. La gente necesita reírse. Ahora más que nunca.

—No muchos se rieron con el anterior —le recordó Naya. Yo había escrito *Looks increíbles y modernos para el otoño* como un proyecto personal cuando toda la ropa que traje de la Tierra me dejó de quedar y mis padres me enviaron al intercambio de prendas. Lo único que tenían de mi talla eran un par de jeans desgastados con unas manchas misteriosas y una playera percudida que decía TAYLOR SWIFT WORLD TOUR 2028. Aunque las manchas me daban asco y jamás he escuchado a Taylor Swift, tuve que usarlos.

Escribí el video para burlarme del intercambio de prendas, pero salió como algo lleno de coraje en vez de divertido y a la gente no le gustó tanto como los otros que habíamos hecho.

—¿Fue el de la ropa? —El anciano hizo un gesto compasivo—. Sí, ese no fue muy atinado. Pero ¡que eso no los desanime! Ya saben lo que dicen: «Morir es fácil. Hacer reír es difícil».

—¿Eso dicen? —Nunca lo había escuchado. La verdad, me pareció un poco inapropiado.

—Antes lo decían. En el cine de mis tiempos. Supongo que en ese entonces tenía más sentido. —Se rio—. El punto es que deben seguir haciendo sus videos. Le levantan el ánimo a la gente, y necesitamos toda la alegría que podamos tener. —Luego puso una de sus manos llenas de cicatrices sobre mi hombro y bajó la cabeza para quedar un poco más cerca de mí—. Por cierto, escuché un rumor…

Sabía lo que estaba por decirme incluso antes de que pronunciara otra palabra.

—¿Ila Mifune es tu hermana? ¿La del programa ese, *Cantante Pop*?

—Sí, señor. —Ila cantaba y tocaba la guitarra desde los seis años. A los doce ya escribía sus propias canciones. A los dieciséis fue a un casting de *Cantante Pop,* el programa de televisión más visto en nuestro país. Llegó hasta las semifinales, donde cantó uno de sus propios temas, «Bajo un cielo azul», ante sesenta millones de televidentes. Cerca del episodio final, que se realizaría en vivo, mi hermana tenía más votos que cualquier otro concursante.

Pero el mundo ya llevaba un tiempo destruyéndose poco a poco y, dos días antes de la final, comenzó a hacerlo mucho más rápido. En vez de ir al aeropuerto y tomar un avión para ver a Ila en el último episodio de *Cantante Pop,* terminamos en el puerto espacial, donde tuvimos la suerte de conseguir cuatro asientos en una nave a Marte.

La mayoría de la gente no fue tan afortunada.

Al hombre se le iluminó el rostro cuando le dije que Ila era mi hermana. Las personas siempre reaccionaban así, y siempre se quedaban con una expresión de tristeza al escuchar la respuesta a sus siguientes preguntas.

—¿Crees que nos concedería el honor de escuchar su hermosa voz?

—Ya no canta, señor. Lo siento.

—¿Nada?

—No, la verdad no. Dice que no le gusta cantar sin guitarra.

—Debe haber alguna por aquí.

—No, señor. No hay guitarras en Marte.

—Pero igual puede cantar, ¿no?

Asentí.

—Sí, señor. Pero en este momento no tiene ganas.

Ni ganas ni disposición ni nada. La mayoría de los días mi hermana ni siquiera podía salir de la cama. Se quedaba ahí echada, viendo episodios viejos de *Los Birdley* y de *Ed y Fred* en su pantalla. Que uno de nosotros se quedara ahí diario, las veinticuatro horas del día (aunque en Marte técnicamente eran más bien días de veinticinco horas), hacía que nuestro compartimiento familiar, del tamaño de una caja de zapatos, pareciera aún más pequeño y atiborrado de lo que ya era. Y lo peor era que Ila ni siquiera intentaba ser amable. Rara vez me miraba y, si lo hacía, era para lanzarme un gesto de fastidio cuando le pedía que se pusiera audífonos o que moviera los pies para que me dejara abrir el cajón.

Yo ya me había hartado de su actitud, pero mamá y papá decían que debía tenerle compasión.

—Cuando pasa algo tan terrible como esto —me dijo mamá durante una de las pocas ocasiones en que estábamos a solas—, afecta a las personas de formas distintas. Ila no ha podido recuperarse tan bien como tú. Solo tenemos que darle tiempo.

En lo personal, creía que un año (aunque en Marte técnicamente era más bien medio año) sería tiempo suficiente para recuperarse. Pero a mí no me parecía que Ila lo estuviera intentando siquiera. A veces, cuando entraba en nuestro compartimiento, alcanzaba a escuchar el sonido de una de sus canciones saliendo de la pantalla. Ella la apagaba de inmediato, pero yo sospechaba que, cuando no había nadie cerca, se ponía a ver sus presentaciones en televisión una y otra vez.

No me parecía algo sano. Sin embargo, cuando algún desconocido como el anciano me preguntaba sobre Ila, yo le sonreía y mentía un poco.

—Creo que pronto volverá a cantar —le dije—. Solo necesita tiempo.

—Dile que tiene muchos fans en esta estación —me pidió, dándome un suave apretón en el hombro.

—Lo haré, señor. Gracias.

—Gracias a ti. Que pasen un buen día, muchachos. Sigan haciendo lo suyo. —Y se fue hacia la biblioteca.

—¿Cómo está tu hermana en verdad? —me preguntó Naya.

—Enojada. Mi papá la obliga a ir al salón de ejercicios cada mañana.

—Enojada es mejor que deprimida, ¿no? —preguntó Jens.

—No sé. Cuando solo está deprimida no es tan grosera conmigo.

—Tal vez está celosa de que ahora tienes más fama que ella —dijo Naya.

—Eso es ridículo. Ila es mucho más famosa que yo.

—En porcentajes, no. —Naya encendió su pantalla con unos toquecitos—. Piénsalo. El programa en el que ella salía lo vieron unos sesenta millones de personas, ¿verdad? Pero había nueve mil millones de personas en la Tierra. —Fue registrando los números en la pantalla de su calculadora—. Y cien personas ven nuestros videos. Pero de un total de dos mil cuatrocientos. Así que, de acuerdo con mis cálculos... —Levantó la vista y me sonrió—. Tienes seis punto veinticinco veces más fama en Marte de lo que tu hermana tenía en la Tierra.

—No es gracioso —le dije a Naya—. Solo es triste.

—Odio las matemáticas —farfulló Jens, encorvándose.

Yo me estiré sobre la mesa y le di un golpecito en la mano a Naya.

—Cuéntame más sobre la gente insecto.

—No sé nada más —respondió—. Solo que existen. Y que les preguntamos si podemos irnos a vivir a su planeta.

—Claro que no —dijo Jens—. No va a pasar. O sea, ¿se imaginan?, ¿vivir en un planeta lleno de insectos gigantes?

Intenté imaginarlo. No pude. Simplemente no me parecía que fuera a pasar.

Pero sí pasó.

2

LA INVITACIÓN

—SE LLAMAN zhuris —me dijo mamá cuando volvió a nuestro compartimiento por la noche—. Al parecer son muy pacíficos y civilizados, y les agradecemos que hablen con nosotros.

—¿Es cierto que parecen insectos gigantes? —preguntó Ila. No levantó la cabeza de la almohada y ni siquiera nos miró, pero sí puso en pausa el episodio de *Los Birdley* que estaba viendo en su pantalla. En estándares de Ila, eso significaba que estaba profundamente interesada.

—No les digas insectos —le pidió mamá—. Podría ser algo ofensivo para ellos. —Entonces suspiró—. Pero sí. Se ven como... como unos mosquitos muy altos. Y no son la única especie avanzada del planeta Chum. Por lo visto son cuatro, y todas conviven en la misma sociedad. Tres de esas cuatro especies evolucionaron en otros planetas antes de llegar a Chum. Eso es bueno para nosotros, porque ya tienen precedentes de recibir bien a otras especies migrantes.

—¿También las otras especies parecen insectos gigantes?, ¿o nada más los zhuris?

Mamá me lanzó una mirada molesta.

—Basta, Lan... No les digas insectos.

—Perdón. Pero ¿sí parecen?

Ella se encogió de hombros.

—Aún no lo sabemos. No sabemos muchas cosas. Ha sido difícil comunicarnos. El desfase entre Marte y Chum es enorme, y todavía estamos intentando comprender su lenguaje. Por cierto, hagan lo que hagan, no hablen de esto con nadie hasta que el CG lance el anuncio oficial mañana.

Me miró al decirlo. Como Ila nunca salía del compartimiento a menos que nuestros padres le rogaran, las posibilidades de que hablara de algo con cualquier otra persona eran bastante bajas.

—¿Podemos hablarlo con papá?

—Sí. Pero tal vez no lo vean hoy. Otra vez trabajará hasta tarde. —En la Tierra, papá fue científico. En Marte era parte de un grupo del Departamento de Nutrición que estaba creando un sustituto de comida. Era un trabajo muy importante, porque todos sabían que tarde o temprano se nos agotarían las raciones que trajimos de la Tierra. Por lo poco que me alcanzaba a enterar de las conversaciones que mamá y papá tenían entre susurros, eso era algo que pasaría más rápido de lo que muchos creían. Papá y el resto de su grupo llevaban semanas trabajando horas extras.

—¿Qué le va a decir el CG a la gente? —le preguntó Ila a mamá.

—Que el planeta Chum y los zhuris existen, y que el Consejo de Gobierno está convenciéndolos de aceptar refugiados humanos. Pero que podría no pasar. Y, en caso de que sí pase, tomará tiempo.

TOMÓ MÁS TIEMPO del esperado. Al final, pasaron otros ocho meses antes de que los zhuris invitaran oficialmente a los humanos a Chum. Para entonces, la vida en la estación de Marte ya era muy triste. Los procesadores de aire casi no servían, lo que provocó que los niveles de oxígeno bajaran tanto que todos estábamos siempre cansados. Racionar el agua se volvió algo tan estricto que la gente solo podía bañarse cada diez días, por lo que toda la estación olía a sudor.

La ropa de las personas no solo estaba maloliente, sino también toda rota. Pese a las raciones limitadas, logré seguir creciendo hasta que tuve que intercambiar mis jeans manchados y mi playera de Taylor Swift por una sudadera rasposa de los YOMIURI GIANTS y unos pantalones caqui con agujeros en ambas rodillas, que se volvían a abrir sin importar cuántas veces los cosiera.

Sin embargo, el mayor problema era la comida. Cuando se acabaron las provisiones de la Tierra, el equipo de nutrición de papá dio a conocer el *chow,* y todos lo odiaron. Venía en tres sabores: curry, moras y plantas. A los pocos días la gente los empezó a llamar *cochinada, monserga* y *porquería.*

Tras un mes de no comer más que chow, comenzaron las protestas por la comida. Papá se lo tomó personal. Cuando alguien lo detenía en los pasillos para quejarse, él le ofrecía una sonrisa tensa y le decía cosas como: «Estamos haciendo todo lo que podemos con los recursos que tenemos» y «Sé que no es lo ideal, pero el chow nos mantiene vivos».

Por las noches, en nuestro compartimiento, era mucho menos amable.

¡Es ridículo! —se quejaba con mamá—. ¿Qué esperaban?, ¿langosta Newberg?

Cuando Naya, Jens y yo hicimos *Las diez mejores recetas con chow,* y una de ellas era langosta Newberg, a papá no le dio risa. Pero a otras personas sí. A juzgar por las risas cuando lo proyectamos por primera vez, fue uno de nuestros videos más populares.

Sin embargo, dejamos de proyectarlo después de la primera revuelta por la comida. Fue algo aterrador. Once personas resultaron heridas y, durante la peor parte, tuvimos que atrincherarnos en nuestro compartimiento mientras los revoltosos golpeaban la puerta y pedían a gritos que mamá y papá salieran. Los de seguridad controlaron la situación, pero pasaron un par de semanas antes de que mamá me dejara volver a andar a solas por la estación. Y, aun después de eso, cada que salía de nuestro compartimiento sentía un nudo en el estómago, y así seguí durante el resto del tiempo que estuvimos en Marte.

La cosa se pudo haber puesto peor después de la revuelta, pero luego comenzaron los problemas con los procesadores de aire y la falta de oxígeno hizo que todos estuvieran demasiado cansados como para causar problemas.

—Lo hicieron a propósito —nos dijo Jens a Naya y a mí—. Mi papá dice que el CG bajó los niveles de oxígeno solo para controlar a la gente.

Yo tenía la seguridad de que eso no era cierto, pero sentía demasiado cansancio y hambre como para discutírselo.

Todos estábamos así (además de malolientes y desesperados) para cuando el CG nos apiñó en la cafetería para ver el ofrecimiento oficial del planeta Chum de refugiar a la raza humana. Llevaron la pantalla grande del centro recreativo y mi mamá se puso debajo de ella con la doctora Chang y el general Schiller para presentar el video.

Mamá comenzó a hablarnos de lo gentil y noble que era la población de Chum, que la invitación era un regalo maravilloso y que el Departamento de Diplomacia había hecho un gran trabajo al negociar con el gobierno de aquel planeta.

Luego, la doctora Chang nos pidió que encendiéramos las aplicaciones de traducción que el CG había instalado en nuestras pantallas la noche anterior.

—Deberían poder escuchar una traducción clara de los zhuris a través de sus audífonos —dijo—. Desafortunadamente, aunque nos dijeron que todos en el video están hablando el idioma zhuri, nuestro programa de traducción no puede comprender los acentos de los pueblos krik, ororo y nug. Para esas secciones preparamos subtítulos, así que les pedimos que se mantengan atentos a las pantallas. Y ahora... aquí va la invitación.

Mamá y los otros dos líderes se hicieron a un lado, y la pantalla se encendió. Mostraba a cuatro aliens, de aspectos muy distintos, en una toma abierta que nos permitía verlos de la cabeza a los pies.

Aunque ninguno tenía pies.

En cuanto aparecieron en pantalla los aliens, empezaron las expresiones de sorpresa entre el público. Algunas personas gritaron asustadas.

—¡Piedad! —exclamó una mujer detrás de mí.

Yo no grité ni hice ninguna expresión de miedo, pero sí sentí que perdía la fuerza en el cuerpo y una especie de martilleo en la cabeza.

Eran tan… alienígenas.

En el lado izquierdo de la pantalla había un ororo, un enorme malvavisco blanco y azul con ojos oscuros y expresión adormilada. Seguramente tenía piernas, pero su cuerpo era tan grande y sin forma que no se le veían. Al acercarse a la cámara junto con los demás, su carne tembló como un enorme tazón de gelatina.

Al centro de la pantalla, y como líder del grupo que conducía a los demás hacia la cámara, había un zhuri. Para entonces, yo ya había visto varias fotos de ellos, así que su cuerpo, que parecía hecho de palitos, sus enormes ojos compuestos, la boca tubular y las largas alas dobladas sobre su espalda no fueron una sorpresa para mí. Pero la manera graciosa y escalofriante en que caminaba con sus patas dobladas sí me pareció muy rara. Al verlo moverse no supe si reírme o gritar.

A la derecha, y mucho más abajo que los demás, pues tenía apenas la mitad de estatura, había un krik, un lobo peludo y verdoso con enormes músculos, ojos rojos y un hocico gigantesco con dobles hileras de dientes grises y afilados. Si no fuera tan bajito, se vería aterrador; aunque luego me pregunté si solo parecía de baja estatura porque los otros eran demasiado altos.

Al final había un nug. Era el más extraño de los cuatro. Una enorme criatura como gusano que se arrastraba en forma de L, con un agujero gigante en la parte de arriba de su cuerpo baboso. Era como la combinación de una berenjena, una babosa de mar y un bote de basura abierto.

Los cuatro avanzaron hasta quedar, según lo supuse, a unos metros de la cámara y se detuvieron. La boca tubular del zhuri vibró y comenzó a hablar con un chirrido agudo.

Yeeeeyeeeeh…

Un instante después comenzó la traducción en mi audífono. La aplicación le dio al zhuri una voz que parecía la de un anciano amable. De alguna extraña manera, la voz era casi relajante; era mucho menos perturbador escuchar a un mosquito gigante hablar cuando sonaba como un abuelo bonachón.

—En nombre del Gobierno Unificado de Chum, saludamos a los humanos y les ofrecemos nuestras condolencias por la pérdida del planeta que fue su hogar. Las cuatro especies aquí reunidas, a principios de nuestro desarrollo, sufrimos distintos grados de violencia autoinfligida. Pero, tal como nosotros evolucionamos hasta dejar atrás dicha violencia, confiamos en que la especie humana también podrá hacerlo.

»Por lo tanto, les ofrecemos refugio para que puedan vivir y prosperar en nuestra sociedad multiespecie. Mientras mantengan la paz, aquí serán bienvenidos».

El cuerpo del zhuri se balanceó de arriba abajo sobre sus piernitas dobladas mientras se alejaba de la cámara. Luego, el pequeño y musculoso krik pasó al frente y abrió su boca llena de dientes.

—Gzzzrrrrgzzrrrkkkkkk...

Su voz era un gruñido fuerte y severo. La aplicación de traducción soltó un pitido en mi oreja. «Lenguaje desconocido detectado», dijo mientras el mensaje del krik aparecía en subtítulos en la gran pantalla:

> **Los kriks siempre hemos vivido en el planeta Chum. Nos gusta estar aquí. Pueden venir si no lo empeoran.**

El krik retrocedió y el enorme ororo se tambaleó hacia el frente con su cuerpo de malvavisco.

—Mrrrrummmmrrrrmmm...

La voz del ororo era tan profunda que, aun a través de las bocinas, prácticamente pude sentir la vibración en mi pecho mientras el traductor pitaba derrotado en mi oído:

> **A los ororos no nos molesta la idea de su llegada.**

Me pareció una declaración algo extraña, pero no tuve tiempo de pensar mucho en eso, porque el nug ya se estaba arrastrando hacia el frente para dar su mensaje.

—¡Skrrriiiiriiiriiirii...!

La voz del nug era tan fuerte y chillona que ahogó el mensaje de «idioma desconocido» de mi traductor. La gente a mi alrededor se cubrió las orejas, e incluso los otros tres aliens en el video parecieron alejarse un poco del nug y pusieron cara de incomodidad mientras este nos daba su chillona bienvenida:

> ¡Hola! ¡Los nugs somos los inmigrantes más recientes del planeta Chum!
> ¡Nos emociona conocerlos!
> ¡Esperamos que quieran unirse a nuestra celebración! ¡Yiii-jaaa!

El último *skriii-skriii* fue tan fuerte que sentí como si me hubieran apuñalado los oídos con unos tenedores. Por fortuna, el nug dejó de hablar y volvió arrastrándose a su lugar después de eso.

El líder zhuri volvió al frente moviendo sus piernas de palito.

—Esperamos que acepten nuestra invitación. Su viaje a Chum será largo, pero aquí los espera un nuevo hogar y estamos ansiosos de conocerlos. Hasta entonces, les deseamos un buen viaje.

El video terminó y un silencio incómodo llenó el lugar mientras el general Schiller avanzaba hacia el frente de la habitación para dirigirse a nosotros. Mamá y la doctora Chang iban detrás de él.

—Creo que no hace falta decir —comentó el general— que esta es una situación muy inusual. Nos tomará tiempo adaptarnos, pero todos en el CG estamos de acuerdo en que, si queremos que la raza humana siga existiendo, el planeta Chum es nuestra mejor opción. Esperamos que ustedes piensen lo mismo.

Resultó que no todos querían irse a vivir con los aliens de aspecto extraño y chillidos ensordecedores.

Algunos querían esperar a que Novo se terraformara, aunque el CG les advirtió que aún no tenían información suficiente para saber si eso era posible siquiera. La doctora Chang sugirió que el grupo de Novo fuera primero a Chum. Estaba dos veces más cerca de Novo que Marte, por lo que sería mucho más fácil estudiar Novo y lanzar una expedición desde ahí. Pero el bando de Novo no quería saber nada de Chum. Al final, cuatrocientas personas decidieron quedarse en Marte y prepararse para ir directo a Novo.

Lo más sorprendente fue que casi novecientas personas votaron por volver a la Tierra. Todos los científicos estaban de acuerdo en que no sería posible volver a vivir ahí en cientos de años, pero los terristas se negaron a creerles.

Jens y su papá eran terristas.

—Ya verán —nos dijo Jens a Naya y a mí—, todo va a estar bien. Cuando estén viviendo con esos aliens raritos, van a desear estar en la Tierra con nosotros.

Yo tenía la certeza de que se equivocaba, pero no discutí. No habría servido de nada, a menos que pudiera convencer también al papá de Jens. Y mis papás ya me habían dicho que eso era imposible.

—La gente cree lo que quiere creer —dijo papá, encogiéndose de hombros.

Al final, lo único que Naya y yo pudimos hacer fue abrazar a Jens y decirle que nos mantendríamos en contacto.

—Eso sería muy raro —comentó—. Van a pasar los próximos veinte años en biosuspensión. Para cuando salgan de eso, voy a tener casi la edad de sus papás.

—Eso espero —dijo Naya.

—¿Qué quieres decir?

—Nada. —Y lo volvió a abrazar.

Yo también lo abracé.

—Te cuidas, ¿va?

—Ustedes también. Mándenme videos.

—Así lo haremos.

Luego nos fuimos Naya y yo con Ila, mis padres y otras mil dieciocho personas en la nave que nos conduciría al transporte que esperaba en órbita para llevarnos al planeta Chum. Las condiciones de vida en el transporte eran peores que las de la estación de Marte: nadie tenía su propio compartimiento y todos dormíamos en las cápsulas de biosuspensión, que estaban juntas en un mismo cuarto gigante.

Por suerte, solo estuvimos dos días en el transporte antes de que entráramos en suspensión y despertáramos, a la mañana siguiente —o veinte años después, dependiendo de cómo lo veas—, en un sistema solar a noventa y seis billones de kilómetros, listos para empezar una nueva vida en Chum.

Pero había un problema. Durante los veinte años que estuvimos dormidos, los aliens cambiaron de opinión respecto a nosotros.

3

PENSÁNDOLO BIEN, ¿SE PUEDEN IR?

LO PRIMERO QUE ESCUCHÉ al salir de la suspensión fue la voz de mi mamá.

—Hola, Lan —me decía—. Oye, oye. Es hora de levantarse, Lan.

Sentí cómo las puntas de sus dedos me retiraban con suavidad el cabello de la frente. Cuando abrí los ojos, me estaba sonriendo. Le devolví la sonrisa y me senté.

Luego vomité.

O lo hubiera hecho, de haber tenido algo en el estómago. Como estaba vacío (no dejan que te vayas a dormir durante veinte años con el estómago lleno), solo tuve arcadas sobre el botecito que mamá sostenía para mí.

—Está bien —me dijo, dándome unas palmaditas en la espalda—, les pasa a todos al despertar.

—¿Por qué tú no estás así?

—Llevo casi un día despierta. Tu padre también.

—Buenos días, cariño. —Levanté la mirada y encontré a papá sentado en la orilla de la cápsula de Ila, sosteniéndole el cabello mientras ella tenía el rostro hundido en su bote—. Cuánto tiempo sin vernos.

—No parece —comenté y eché un vistazo por la habitación llena de cápsulas. Todos estaban igual: unos despertando y otros sosteniendo un bote para alguien que se acababa de despertar.

—Es raro, ¿verdad? Pasaron veinte años como si nada.

Tuve más arcadas.

—¿Qué tan cerca estamos de Chum?

—Bastante cerca —respondió mi mamá—. Estamos en su órbita.

—¿Vamos a aterrizar pronto?

Mamá y papá se miraron.

—Pues...

—¿Qué? —El tono de voz de mamá hizo que Ila sacara la cabeza del bote de inmediato. Mi hermana tenía el rostro gris y unas ojeras enormes y oscuras. Miró a mamá con gesto desconfiado—. ¿Qué está pasando?

—Hubo una complicación —dijo mamá con voz baja—. En cuanto todos despierten, lo explicaremos.

UNA HORA DESPUÉS, mamá estaba al frente del lugar con la doctora Chang y el general Schiller, tal como la vez que nos presentaron el video de invitación en Marte.

Pero esta vez no se veían emocionados, sino preocupados.

—Cuando los primeros humanos salieron de biosuspensión —explicó el general Schiller—, nos comunicamos con el gobierno de Chum para recibir instrucciones de aterrizaje. En vez de respondernos, nos enviaron este video. Pensamos que lo mejor es que lo vean por ustedes mismos.

Las pantallas comunales en cada una de las paredes se encendieron con la toma cerrada de un zhuri que tenía sus ojos compuestos fijos en la cámara.

—Heeeeyeeeeheee…

Tras un momento, el traductor se encendió.

—El Gobierno Unificado de Chum lamenta informarles que nuestro pueblo ha decidido que la especie humana es demasiado violenta y emocional para vivir entre nosotros. Nuestra sociedad no tiene conflictos. Su presencia amenazaría nuestra paz.

»Por su seguridad y la nuestra, les pedimos que abandonen nuestra órbita de inmediato. Por favor, no intenten cruzar la atmósfera de Chum, de lo contrario, nuestras armas de defensa los vaporizarán. Les deseamos un buen viaje y un futuro placentero. Adiós».

Cuando el video terminó, comenzaron los gritos.

También hubo mucho llanto.

Los gritos y el llanto siguieron por un largo rato, sobre todo porque no había nada más que pudiéramos hacer. El CG había enviado docenas de mensajes al planeta Chum desde el momento en que recibió el video, pero no había respuesta.

A mi parecer, no era culpa del CG, aunque muchas personas pensaban que sí.

—¿Cómo pudieron permitirles que nos hicieran esto? ¡Ellos nos invitaron!

—Para nosotros también es un gran misterio —respondió la doctora Chang.

—¿Les mintieron o algo? ¿Apenas se acaban de enterar de cómo son realmente los humanos?

—De ninguna manera —dijo mamá—. Desde el principio fuimos sinceros con ellos sobre la historia de la Tierra. Les enviamos cientos de horas de videos históricos y culturales. Saben todo lo que hay que saber sobre nosotros.

—Les contamos todo, con todas sus imperfecciones —señaló el general Schiller—. Hasta los peores detalles. Por eso les tomó tanto tiempo invitarnos.

La mayoría de las personas quería dejar la órbita de Chum de inmediato. Pero no podíamos porque no teníamos suficiente combustible para ir a otra parte.

Y, aunque lo tuviéramos, no había adónde ir.

—No hemos recibido ni un solo mensaje del grupo de Novo luego de los seis meses posteriores a que dejamos Marte —explicó la doctora Chang—. Para entonces, acababan de comenzar su viaje. No supimos más desde que entraron en biosuspensión.

—¿Están bien? —preguntó alguien.

—No lo sabemos —dijo la doctora Chang—. Han tenido problemas en temas de comunicación. El silencio de su parte podría ser por eso... o por algo peor.

—¿Por qué no nos vamos a Novo? —sugirió alguien más.

La doctora Chang negó con la cabeza.

—Ya estamos lo suficientemente cerca para analizar la atmósfera de Novo. No tiene oxígeno. Terraformarlo es imposible para nosotros. No podríamos vivir ahí.

—¿Y los terristas?, ¿cómo están?

Esta vez, los tres miembros del CG negaron con la cabeza en un gesto triste.

—Dejamos de saber de ellos casi en cuanto llegaron a la Tierra —dijo el general Schiller—. El último mensaje dejó claro que las cosas no les salieron muy bien.

Mis ojos se llenaron de lágrimas al pensar en Jens y los demás.

—¡Volvamos a Marte y ya! —gritó alguien.

El CG volvió a negar con la cabeza.

—Aunque tuviéramos combustible —explicó mamá—, para cuando hayamos llegado, la estación ya habría pasado cuarenta años expuesta a las tormentas de viento de Marte. Sus sistemas para mantenernos con vida llevarían mucho tiempo descompuestos.

—¡Esto es una locura! —gritó un hombre alto y de rostro colorado llamado Gunderson. En la Tierra era entrenador de futbol americano, y parecía que aún le gustaba gritar como tal—. ¿Me están diciendo que pasamos veinte años gastando combustible en cruzar media galaxia solo para regresar por donde vinimos porque estos tipos se arrepintieron? ¡Yo digo que nos impongamos! ¡Hay que bajar a ese planeta para decirles que no aceptaremos un «no» como respuesta!

A algunas personas les gustó mucho escuchar eso. Aplaudieron y silbaron. Pero el general Schiller no pareció conmoverse.

—Señor Gunderson —dijo con voz baja pero firme—, la sociedad de Chum es principalmente pacífica, pero la advertencia en el video sobre vaporizarnos no era broma. Esta gente tiene armas tecnológicas que nos harían quedar como cavernícolas lanzando rocas. Si tratamos de imponernos, terminaremos sin cabeza.

»Y, además —agregó el general—, quiero recordarles que la idea de que podemos llegar adonde queramos atacando a otros es justo lo que hizo que perdiéramos nuestro planeta. Quisiera creer que ya aprendimos esa lección. Al menos, yo sí».

A Gunderson no le gustó que un general lo regañara, así que se cruzó de brazos y echó la quijada hacia adelante como un niñito haciendo berrinche.

—Entonces, ¿qué diablos vamos a hacer?

—Seguiremos intentando hablar con ellos —respondió Schiller—, y esperemos que nos respondan.

Luego, mamá dio una charla motivacional sobre cómo la situación daba miedo, pero la superaríamos juntos, y que al final todos recordaríamos lo que pasó y estaríamos orgullosos de cómo ayudamos a salvar a la raza humana, enfrentando este reto con valor, unidad y buen ánimo. Supongo que fue muy inspiradora, pero yo no escuché ni una palabra, porque estaba tan ansioso y asustado que no podía pensar con claridad, y mucho menos escuchar un discurso. Esa noche no dormí ni un poco, y no fue solo porque la noche anterior había dormido veinte años.

Considerando todos los sollozos, chillidos y llantos ahogados que recorrieron la oscura habitación de las cápsulas esa noche, no creo que alguien haya podido conciliar el sueño.

DESPUÉS DE PASAR un par de días muy malos en órbita, el gobierno de Chum al fin comenzó a hablar con nosotros. Al principio solo intercambiaron mensajes con el CG, sobre todo disculpas y más peticiones de que nos retiráramos. Pero luego mamá logró convencerlos de hacer una videoconferencia en vivo en el cuarto de las cápsulas con todos nosotros.

—Pero nos vemos horribles —dijo Ila cuando escuchó la noticia, y era cierto. Lo que quedaba de la raza humana se veía justo como esperarías que se viera una habitación llena de gente muriendo de hambre y que no se había cambiado de ropa en veinte años.

Mamá asintió.

—Ese es el punto. Si nos ven, quizá se conmuevan un poco. Y entonces se darán cuenta de que no representamos una amenaza para ellos.

Así que, cuando comenzó la videoconferencia y la zhuri con cabeza de insecto apareció en las pantallas comunales, todos nos esforzamos por dar lástima y parecer desamparados y amigables al mismo tiempo. Era una combinación difícil de lograr.

—Saludos —dijo la zhuri. Nuestras aplicaciones de traducción le dieron la voz de una niñita chillona, que hubiera sido graciosa si la situación no fuera tan seria—. Me llamo Leeni, soy oficial de la División de Inmigración del Gobierno Unificado de Chum. En nombre de nuestra gente, me disculpo por retirarles la bienvenida.

Mamá tenía la misión de hablar por todos nosotros.

—Saludos, Leeni —dijo mientras su traductor convertía sus palabras en el *yeeeehheee* chillón que la zhuri entendería—. Me llamo Amora Persaud. Soy miembro del Consejo de Gobierno de la raza humana. Les pedimos humildemente que reconsideren su decisión.

Mamá señaló con una mano hacia los miles de personas que estábamos detrás de ella.

—Como verás —explicó—, somos un grupo débil, indefenso y desamparado. Si nos admiten en Chum, les prometemos no causar violencia ni hacer ningún daño. Si rompemos la promesa, nos iremos de inmediato. Solo queremos vivir en paz, con su ayuda y misericordia.

La zhuri se tardó tanto en responder que comencé a pensar que la conexión se había perdido. Pero al fin habló de nuevo.

—Todos aquí estamos de acuerdo —dijo— en que lo mejor es que los humanos no vengan a Chum.

—Con todo respeto —respondió mamá—, solo estamos aquí porque ustedes nos invitaron. Y no tenemos otro lugar adónde ir.

—Esa invitación se hizo hace mucho tiempo —aclaró la zhuri—. Desde entonces ha habido muchos cambios en el Gobierno Unificado. Quienes los invitaron ya no son nuestros líderes. Ahora todos estamos de acuerdo en que, tanto por su seguridad como por la nuestra, no deberían venir.

—No tenemos adónde más ir —repitió mamá con voz firme—. En esta nave hay muy poca comida y aún menos combustible. Usamos casi todo lo que teníamos para venir hasta acá, como nos lo pidieron. Si no nos dejan aterrizar, moriremos.

Pude escuchar sollozos y gritos ahogados a mi alrededor. Sabía que la situación era grave, pero, al escuchar a mamá diciéndolo en voz alta, sentí cómo el miedo debilitaba mi cuerpo.

De algún modo, mamá conservó la calma en su voz.

—Dicen que aman la paz —le señaló a la zhuri—. Si eso es cierto, ¿cómo pueden permitir que pase algo así?

Era imposible saber qué estaba pensando la zhuri. Sus ojos compuestos y su boca tubular no se movían para nada. Pero la pausa que hizo antes de responder fue todavía más larga que las anteriores.

—Los llamaremos de nuevo —dijo al fin.

Luego se apagó la pantalla.

AL DÍA SIGUIENTE, Naya y yo estábamos en mi cápsula jugando *Monopoly* en su pantalla. Ila estaba a nuestro lado, tumbada en su propia cápsula y viendo la televisión, cuando mamá y papá prácticamente cruzaron el lugar de un salto para llegar hasta nosotros. Venían de la sala de control y era obvio, por la expresión en su cara, que algo grande acababa de ocurrir.

—¿Qué pasa? —les pregunté.

—El gobierno de Chum aceptó alojar en su planeta una «unidad reproductiva humana» —nos dijo mamá sonriendo de oreja a oreja mientras dibujaba unas comillas en el aire con los dedos al decir «unidad reproductiva humana».

—Van a recibir a una familia como caso de prueba —nos explicó papá—. Si sale bien, creemos que dejarán que entren todos los demás.

Mi hermana puso un gesto de preocupación.

—Esa familia no seremos nosotros, ¿verdad?

Sí éramos nosotros.

4

BIENVENIDOS
A CHUM

—¡NO ME CABE el trasero en este asiento! —se quejó Ila.

El gobierno de Chum envió un transporte vacío con piloto automático para llevarnos a los cuatro a su planeta. Tenía treinta y dos asientos en ocho filas, todos hechos para los delgadísimos zhuris y la mitad de anchos que un asiento humano normal. Nos las tuvimos que ingeniar para acomodarnos en ellos y así ponernos el cinturón para entrar a la atmósfera de Chum.

—Nadie cabe, cariño —le dijo papá a Ila—. Hay que aceptar lo que tenemos.

Yo traté de montarme en la parte que dividía dos asientos, pero estaba demasiado alta y era muy angulosa. Luego intenté sentarme de costado, con la mitad del trasero sobre un lado del asiento, pero eso me lastimaba la espalda. Y acomodarme sobre dos divisiones era incluso más doloroso.

El resto de mi familia tenía el mismo problema. Papá lo resolvió indicándonos que llenáramos los asientos con la ropa extra que llevábamos para que estos quedaran al nivel de las divisiones.

Un paquete de ropa extra era el gran beneficio que me daba ser parte de la primera familia humana en ir a Chum. No sé por cuántos dueños habían pasado la camisa de algodón azul claro y los pantalones azul marino con la bastilla enrollada, pero agradecía que ninguno hubiera derramado nada lo suficientemente asqueroso como para dejarles una mancha.

Cuando terminé de llenar mi asiento con mis pantalones caqui y mi sudadera mugrienta de los Giants, al fin logré ponerme el cinturón. Al cerrar el arnés se activó una especie de tensor automático que me aplastó contra el asiento con tal fuerza que apenas podía respirar.

—Esta cosa me está estrangulando —rezongó Ila desde la fila detrás de mí—. ¿Cuánto va a durar este viaje?

—No lo sé, Ila. Es la primera vez que lo hago —respondió mamá, sin lograr disimular del todo el enojo en su voz.

La actitud de Ila había pasado por varias etapas desde que nos enteramos de que nos habían elegido para ir a Chum. Al principio no quería ir. Luego mamá le explicó que ella era gran parte de la razón por la que el CG había elegido a nuestra familia.

—Necesitamos tu voz —le dijo mamá—. Cuando estábamos negociando con ellos antes de salir de Marte, los zhuris parecían muy interesados en nuestras formas de arte. Sobre todo en la música. Tener ahí a un humano que puede cantar en vivo podría ser fundamental para convencerlos.

—Pero ¡no tengo guitarra!

—Pensamos que podrías cantar a capela —dijo papá.

—¡Ugh! —Illa hizo un gesto de molestia—. ¿Cuántas veces les tengo que decir que no se puede…?

—Ila, considera la situación en la que estamos.

Mamá no dijo de manera directa que el destino de la humanidad podría depender de su voz. No era necesario. Ila era difícil, pero no tonta.

—Supongo que podría cantar «Home, Sweet Home» —dijo tras pensarlo un rato.

—¡Perfecto! —Mis papás se miraron—. Y quizá… —dijo mamá con voz suave— podrías ensayar un poco antes de irnos….

—No. —Ila negó con la cabeza—. No necesito ensayar.

—Ila —le insistió papá—, tienes que ensayar.

No lo hizo, y era obvio que eso ponía nerviosos a mis papás. El plan era que Ila cantara «Home, Sweet Home» al llegar a Chum, justo después de que mamá diera su discurso de agradecimiento por recibirnos. Y, aunque mi hermana juraba que su voz estaría bien, nadie lo sabía a ciencia cierta, pues hacía veinte años que no la escuchábamos cantar. Pero mis papás no la presionaron. Creo que bastó con ver que dejó la televisión y salió de la cama. Día y medio antes de salir a Chum, Ila parecía estar más llena de energía y más platicadora incluso que en la Tierra. Hasta tuvo algunas conversaciones casuales con la gente, lo que no había hecho en siglos.

En algún momento vi cómo una de las amigas de mamá puso una mano sobre el brazo de mi hermana.

—¡Te van a amar! Cuando escuchen tu voz, ¡serás más famosa de lo que fuiste en la Tierra!

Los ojos de Ila se iluminaron ante esa idea.

—No estoy segura —respondió, pero la forma en que lo dijo sonó más a: «¡Ay, wow!, eso sería fantástico, ¡y al fin tendré una razón para vivir!».

Al parecer, a Ila no le emocionaba salvar a la raza humana tanto como ser el centro de atención de todos. Yo sabía que eso sonaba terrible, así que no lo comenté con nadie. Pero me dieron ganas de tener algo útil que ofrecer en vez de solo acompañarlos en el viaje.

—Si mamá va a dar un discurso e Ila va a cantar, ¿qué nos toca a nosotros? —le pregunté a papá.

—Solo tenemos que sonreír mucho —me contestó—. Nuestro trabajo es ser la especie más feliz, amigable y divertida de la historia.

—O sea que, básicamente, ¿seremos como golden retrievers humanos?

Papá sonrió.

—Exacto.

Me pareció tan gracioso que se lo conté a Naya, pero ella no reaccionó como yo esperaba.

—Eso solo me pone a pensar en que ya no hay golden retrievers —dijo.

—Ay, no. Lo siento.

Dejamos el tema, pero, cuando llegó el transporte de Chum y tocó despedirnos, ella volvió a mencionarlo mientras me daba un abrazo.

—Sé un buen perrito con los aliens, ¿va?

—Claro que sí. Guau, guau.

—En serio. Me urge salir de esta nave.

—Lo sé. Lo haré muy bien. Seré tan genial que todos querrán adoptarme y darme premios. Y quizá hasta me amarren un pañuelo al cuello.

Ella me abrazó de nuevo.

—Buena suerte. Guau, guau.

Luego me subí corriendo al transporte, porque tenía muchísimo miedo y no quería que Naya se diera cuenta. Entre los cuatro arreglamos el problema de los asientos estrechos y entonces observamos cómo el último humano de mantenimiento salía de la nave y la puerta se sellaba tras él con un siseo.

—¿Cómo están todos? —preguntó papá desde su asiento junto a Ila, en la fila detrás de mamá y de mí.

—Muriendo de terror —dije. Aún ni empezábamos a movernos y mi estómago ya se sentía como si estuviera en la primera pendiente de una montaña rusa gigante.

Mamá me tomó de la mano.

—Está bien tener miedo. Podemos tener miedo y ser valientes al mismo tiempo.

—¿Por qué no decimos una oración? —sugirió papá, y así lo hicimos.

Ayudó un poco.

Momentos más tarde, nos separamos del transporte humano y vimos cómo desaparecía por las ventanas del lado derecho. Mi cinturón estaba tan apretado que no me dejaba moverme, pero, cuando se desactivó la gravedad artificial de la nave, pude sentir cómo mi cabello comenzaba a flotar hacia arriba.

—Nos va a ir muy bien —comentó mamá—. Vamos a portarnos de lo mejor y ellos verán lo maravillosos que somos los humanos.

Después nadie dijo nada durante un rato. En eso, papá le hizo la pregunta a Ila.

—¿Quieres ensayar tu canción?

—No.

—¿Estás segura? ¿Aunque sea una vez?

—¡No! Me saldrá bien.

NO PASAMOS MUCHO TIEMPO en gravedad cero. Diez minutos después cruzábamos a toda velocidad la atmósfera y la nave se sacudía como si fuera a hacerse pedazos. Las fuerzas g eran tan fuertes que temía que el pecho se me pudiera aplastar como una lata de refresco.

Luego las fuerzas g se debilitaron, el viaje se estabilizó y en las ventanillas apareció un cielo lleno de nubes.

—Es verde —dijo Ila—. El cielo es verde.

—Es cierto —comentó papá.

—Pero sí podemos respirar su aire, ¿verdad?

—Tiene un veinticinco por ciento de oxígeno. No solo podemos respirarlo: nos vamos a sentir de lo mejor. Aunque la gravedad será un poco más pesada de lo que acostumbramos.

—¿Puedo quitarme el arnés para ver por la ventana? —pregunté.

—Espera a que aterricemos —me dijo mamá—. En este momento es peligroso.

Me quedé en mi lugar e intenté estirar el cuello para ver mejor por la ventana. Seguíamos descendiendo y pronto estuvimos lo suficientemente abajo para alcanzar a ver el suelo. Todo era de color beige hasta el horizonte, surcado por cientos de colinas perfectas de seis lados y distintas alturas.

Me tomó un momento darme cuenta de que no eran colinas, sino una ciudad infinita de edificios con la misma forma. Solo unos cuantos hexágonos rojos interrumpían el deprimente paisaje beige. Era como ver una colmena del tamaño de un planeta.

—¿Saben qué les caería bien? —preguntó papá—. La arquitectura.

—Eso nos conviene —comentó mamá—. Podemos enseñarles sobre arquitectura.

Nos detuvimos a medio vuelo, a unos cuarenta y cinco metros del suelo, y escuché un silbido, como el de un aire acondicionado descompuesto, que salía de debajo de nosotros. Luego la nave comenzó a descender.

A mitad del camino al suelo se escuchó un ¡bsssst! tan fuerte como un trueno. Una luz azul brilló por un momento en las ventanas al tiempo que todos los vellos de mi cuerpo se erizaron.

Se sintió como si nos hubiera caído un rayo.

—¿Qué fue eso? —gritó Ila.

Antes de que alguien pudiera responderle, la nave tocó el suelo. La luz azul seguía parpadeando afuera, acompañada del mismo ¡bsssst!, y el silbido de aire acondicionado descompuesto fue volviéndose más fuerte.

Me asomé por la ventana de la izquierda. Estábamos sobre el pavimento de una especie de puerto espacial. A noventa metros, donde la pista se encontraba con la primera fila de edificios beige, había una enorme nube verdosa y café flotando a unos dieciocho metros del suelo.

El sonido a aire acondicionado venía de la nube gigante. El zumbido chasqueante volvió a surgir y la nube se cubrió de brillo cuando una enorme capa de electricidad azul apareció por un instante frente a ella.

Ila corrió a una de las ventanas de la izquierda para asomarse mientras la capa de electricidad azul se encendía de nuevo.

—¡Ay, no! —gritó—. ¡Son aliens!

Me quité el arnés y fui con ella a la ventana. Tenía razón. La nube era un enjambre de miles de mosquitos gigantes, los zhuris, que revoloteaban y chirriaban con su lenguaje de *yeeeeheees*.

Papá se asomó por la ventana junto a Ila.

—No son aliens —aclaró—. Ellos viven aquí. De ahora en adelante, nosotros somos los aliens.

Observé el enjambre de zhuris al otro lado de la chisporroteante capa de electricidad que se encendía y apagaba. Iban zumbando de aquí para allá, empujándose unos a otros frenéticamente. Cuando la capa de electricidad se encendió de nuevo, vi cómo uno de ellos salió volando hacia atrás, como si lo hubieran electrocutado.

—Debe ser un cerco eléctrico —dijo papá—. ¿Ven cómo se enciende cuando lo tocan?

—¿Qué están gritando? —preguntó Ila.

Estábamos encendiendo nuestros traductores cuando mamá nos llamó desde el otro lado de la nave.

—¡Vengan para acá! Hay una fiesta de bienvenida.

Fuimos al lado derecho de la nave y nos asomamos. A unos treinta metros de nosotros había una tarima sobre el pavimento. Sobre ella había tres zhuris flacuchos, un malvavisco gigante, que era un ororo, y un pequeño lobo verde; se trataba un krik. Parecía que estaban esperándonos para comenzar con nuestra ceremonia de bienvenida.

De frente al escenario había unos veinte zhuris más y algunos kriks; todos voltearon a vernos.

A cada lado de la pequeña audiencia, en dos filas que iban desde la tarima hasta nuestra nave, había un par de docenas de zhuris sosteniendo unos palos de metal de un metro que terminaban en dos puntas.

La forma en que los cargaban me recordó a los soldados con sus armas. Pero sabía que los zhuris eran pacíficos, así que supuse que no podían ser armas.

Mi traductor estaba activado, pero el enjambre de zhuris detrás de nosotros estaba demasiado lejos como para que la aplicación alcanzara a escuchar lo que gritaban. Un momento después, las bocinas de la nave se encendieron con un ¡yccheeee...! que el traductor convirtió rápidamente a nuestro idioma.

—¡Por favor, salgan de la nave!

El marco de la puerta de la cabina se iluminó, invitándonos a bajar. Intenté respirar profundo para tranquilizarme mientras avanzábamos.

—¿Estamos listos? —preguntó papá.

—Solo recuerden —nos dijo mamá—: somos la especie más amable, amigable y pacífica en la historia del universo.

La manija de la puerta estaba parpadeando. Papá la giró para abrir la cámara de descompresión y dimos nuestros primeros pasos sobre el planeta Chum.

Era cálido y húmedo, con un pesado olor a gasolina en el aire. Mirando el cielo verde, escuché de nuevo el chisporroteo eléctrico y, cuando la luz azul se encendió, me di cuenta de que no solo era un cerco, sino que formaba un enorme domo que cubría toda el área pavimentada, con unos treinta metros de alto y algunos cientos de largo.

El domo eléctrico se desvaneció por medio segundo y luego se volvió a encender con otro ¡bsssst!

A cada lado, a menos de un metro de nosotros, las filas de zhuris que sostenían los picos de metal nos observaban con sus inexpresivos ojos compuestos. Mientras los cuatro avanzábamos hacia la tarima, cada uno de los zhuris fue moviendo su lanza de metal para apuntarnos a nuestro paso.

Si no eran soldados preparando sus armas para atacarnos, lo imitaban bastante bien.

Esperaba que nadie se diera cuenta de que en realidad iba temblando de miedo.

El enjambre estaba a unos noventa metros a nuestras espaldas, del lado externo del domo.

Ahora que habíamos salido de la nave, los gritos eran lo suficientemente claros para que mi traductor pudiera interpretar algunas palabras sueltas.

—¡Humanos…!

—¡Hogar…!

—¡Planeta…!

—¡Humanos…!

Más adelante, uno de los zhuris del escenario dio un paso con sus patas dobladas y dirigió su voz hacia la pequeña esfera que levitaba frente a él; sin duda era un micrófono, pues su voz retronó por todo el lugar: «¡Eeeeyeeeeheee…!».

—¡El Gobierno Unificado de Chum les da la bienvenida a los humanos a nuestro planeta…!

Y eso fue todo lo que alcanzó a decir porque, en cuanto comenzó a hablar, los gritos del enjambre se volvieron alaridos, se escuchó un ¡bsssst! que no se detuvo y el domo se encendió; solo que esta vez se quedó prendido.

Durante un largo y aterrador instante, la luz azul que brillaba sobre nosotros desde todos los ángulos casi me ciega, mientras el ¡bsssst! ahogaba cualquier otro sonido.

Después, el domo desapareció y el ruido se detuvo. Todo el campo magnético estaba apagado.

Hubo medio segundo de calma. Los que estaban de frente a nosotros, todos los zhuris, los pocos kriks y el ororo solitario, levantaron la mirada; luego alzaron la cabeza con expresión sorprendida.

Las dos docenas de zhuris que parecían soldados con sus picos metálicos se echaron a volar y pasaron por arriba de nuestras cabezas.

Al hacerlo, toda la multitud frente a nosotros se echó a correr, o a volar. Yo los miraba sin saber qué hacer, preguntándome cómo le hacía para correr tan rápido el inmenso ororo, cuando mamá me tomó del brazo.

—¡Vuelvan a la nave! —gritó.

Me di la vuelta hacia donde ella me estaba jalando.

Fue entonces cuando comprendí que el enjambre venía por nosotros. La zumbante nube de cientos de zhuris ya iba a mitad del camino, chillando al tiempo que surcaba el aire directo hacia mí.

Al correr hacia la nave me tropecé y casi no logro llegar a tiempo. Medio segundo después de que papá cerró la puerta detrás de mí, la primera ola de atacantes alcanzó la nave.

5

YA, EN SERIO, VÁYANSE, POR FAVOR

LOS ZHURIS ESTABAN escupiendo una especie de líquido sobre nuestro transporte. Escuchábamos cómo se estrellaba contra el techo y los lados. Corría por las ventanas en unos chorros naranja tan gruesos que pronto ya no pudimos ver nada del exterior. Una fuerte peste a gasolina llenó el interior de la nave. El olor me dio ganas de vomitar.

Los gritos de los zhuris eran tan fuertes que el traductor ya no tuvo problemas para captar las palabras.

—¡¡Váyanse a su casa!!

—¡¡Muerte a los humanos!!

—¡¡Basura alienígena!!

—¡¡Fuera de nuestro planeta!!

Me quité el audífono para no tener que escuchar las palabras y papá me abrazó con fuerza. Mamá intentaba consolar a Ila, que estaba como loca.

Durante nuestras últimas horas en la Tierra vivimos momentos aterradores. De cierto modo, la revuelta por la comida en Marte fue aún más terrible. Pero esto era muchísimo peor que esas dos situaciones.

—Vamos a estar bien —repetía mamá.

—Aquí estamos seguros —dijo papá mientras me acariciaba la espalda—. No se preocupen.

Yo no sentía preocupación, sino verdadero terror.

Es difícil saber cuánto tiempo duró el ataque. Parecieron años, pero puede que solo hubiera pasado medio minuto cuando escuchamos la voz de un zhuri amplificada desde afuera, imponiéndose sobre el escándalo del enjambre. Me volví a colocar el audífono en la oreja para escuchar qué les decía a los atacantes.

—¡Están produciendo demasiado olor! ¡Limpien el aire y salgan del área de aterrizaje de inmediato!

El anuncio seguía repitiéndose una y otra vez. Lentamente, el golpeteo de los escupitajos se controló y los gritos furiosos bajaron un poco. Entonces comenzamos a escuchar un nuevo sonido, un ¡bsssst! chisporroteante como el que hacía el domo, solo que menos agudo y no tan fuerte.

Luego, los ataques se detuvieron por completo y la baba naranja en las ventanas se escurrió lo suficiente para dejarnos ver algo del exterior.

Los soldados zhuris estaban usando sus armas de metal para obligar al enjambre a alejarse de nuestra nave. Al parecer, los palos funcionaban como arreadores de ganado: cuando tocaban a uno de los atacantes, se escuchaba un ¡bsssst! y salía un pequeño arco azul de electricidad que aventaba al atacante unos metros para atrás antes de desplomarse en el pavimento. Ahí se retorcía unos segundos hasta que podía levantarse y se echaba a volar con torpeza.

A los soldados zhuris les tomó unos diez minutos alejar a todos de la nave. Para ese momento, el olor a gasolina ya había disminuido e Ila se había calmado lo suficiente para poder hablar.

—¡Creí que eran pacíficos!

Mamá le acarició el cabello.

—Yo también, mi amor.

—¿Qué vamos a hacer? —pregunté.

—Vamos a esperar —dijo mamá.

Segundos más tarde se escuchó la voz de un zhuri a través de los altavoces con instrucciones para nosotros.

—¡No salgan de la nave! ¡Quédense donde están!

No tenían que preocuparse por eso. No iríamos a ninguna parte. Un minuto después se escuchó otro anuncio desde las bocinas de la nave.

—¡El Gobierno Unificado de Chum se disculpa

por este inconveniente! ¡Estamos retirando las emociones del aire! ¡No salgan!

Cuando al fin lograron sacar a todos los atacantes de la pista, encendieron de nuevo el cerco eléctrico. Entonces apareció una especie de camioneta voladora y un montón de kriks pequeños y verdes, con unos extraños overoles sin pantalón —la primera ropa que vi en cualquiera de las criaturas de Chum—, lanzó un chorro de agua a la nave para quitar la baba naranja. Luego vimos cómo otro grupo de obreros kriks retiró la tarima que habían colocado para nuestra llegada.

—Vaya ceremonia de bienvenida —dijo papá mientras quitaban las partes.

—No podemos quedarnos aquí —señaló Ila—. Tenemos que irnos de este planeta.

—Vamos un paso a la vez —le pidió mamá—. En este momento estamos a salvo y eso es lo importante.

Cuando los obreros kriks terminaron de limpiar la nave, se marcharon en la camioneta voladora, dejando la pista vacía. Después no pasó nada durante un largo rato, salvo que las bocinas nos recordaban de vez en vez que no fuéramos a ninguna parte.

—¡No salgan de la nave! ¡Esperen próximas instrucciones!

Seguimos así por un par de horas. Con el tiempo las cosas se fueron poniendo menos aterradoras y más aburridas. Al final, Ila y yo nos pusimos a ver episodios de *Los Birdley*. Íbamos en el tercero cuando la nave comenzó a moverse.

Nos llevó por la pista hacia un hangar abierto, el cual se cerró detrás de nosotros. El transbordador se detuvo.

—¡Por favor, salgan de la nave!

El marco de la puerta se encendió de nuevo y su manija parpadeó para que la abriéramos. Todos fuimos a asomarnos a las ventanillas de la derecha.

A cada lado de la puerta de salida había media docena de soldados zhuris con armas que terminaban en punta. Entre ellos, dos zhuris sin armas esperaban de frente a la puerta.

—¿Y si nos atacan? —preguntó Ila.

—No nos atacarán —dijo mamá—. Lo prometo. —Y la seguimos hacia la salida.

—Recuerden —nos pidió papá al poner la mano sobre la manija de la puerta—, somos amigables y pacíficos.

—¡Intentaron matarnos! —gritó Ila.

—No dije que sería fácil.

Papá abrió la puerta y pisamos el suelo del planeta Chum por segunda vez. Ahora que sabía que podían lanzar una descarga de electricidad paralizante, los picos que apuntaban hacia nosotros me daban aún más miedo. Intenté sonreír mientras caminaba detrás de mamá y papá hacia los dos zhuris desarmados. Pero los guardias reacomodaron sus armas para seguirnos a cada paso, y es difícil sonreír cuando temes que en cualquier momento podrían electrocutarte.

—Saludos —dijo uno de los zhuris. El traductor le dio una voz rasposa—. Soy Heeor. Represento a la División Ejecutiva del Gobierno Unificado de Chum.

Un olorcillo como a leche agria me estaba llenando la nariz, y eso hacía más difícil sonreír.

—Yo soy Leeni, de la División de Inmigración —dijo la segunda. Sin duda era la misma oficial que habló con nosotros en la videoconferencia, porque la aplicación de traducción, que tenía miles de voces humanas en su biblioteca y estaba programada para asignar una voz específica a cada zhuri para que pudiéramos distinguirlos, le dio la misma vocecita chillona de niña que antes.

—Saludos —respondió mamá—. Soy Amora Persaud, del Consejo de Gobierno de la especie humana. Este es mi esposo, Kalil Mifune, y nuestros retoños, Ila y Lan.

El olor a leche agria iba empeorando. Al parecer venía de los mismos zhuris.

—Les ofrecemos disculpas por el problema que se suscitó a su llegada —comentó el de la voz ronca—. Hubo una falla mecánica en el cerco de protección.

—¿Puedo preguntar qué fue exactamente lo que pasó? —dijo mamá con su voz más diplomática—.

Parecía que la multitud nos estaba escupiendo.

—Era veneno —respondió Leeni, la de la voz chillona—. Es una defensa bilógica que se desarrolló en el estado precivilizado de los zhuris. En nuestra sociedad es aún peor visto que el olor. Pero, al igual que este, puede ser difícil de controlar en situaciones extremas.

—Perdone nuestra ignorancia —dijo papá—, pero ¿qué es el olor?

Los zhuris se miraron entre ellos antes de responder.

—El olor son las emociones —explicó Leeni—. Es la manera en que los zhuris expresan cómo se sienten. Cuando el olor a ira se vuelve lo suficientemente fuerte, como pasó entre la multitud cuando llegaron, detona la producción de veneno.

O sea que el olor a gasolina durante el ataque era ira. Me pregunté si la peste a leche agria que estaban produciendo en ese momento también era una emoción.

—¿Por qué estaban tan enojados con nosotros? —preguntó mamá.

—Porque su especie es violenta —explicó el de la voz ronca—. Son una amenaza para nuestra paz.

—Con todo respeto —dijo mamá—, no somos violentos.

Ambos echaron la cabeza hacia atrás, como si mamá los hubiera insultado.

—Destruyeron su propio planeta.

—Eso lo hicieron otros humanos, no nosotros. Y aprendimos de los terribles errores de los demás. Todos los humanos que quieren refugiarse en Chum son pacíficos. Rechazamos la violencia y no le haremos daño a nadie en su planeta.

—Cientos de zhuris se manifestaron contra su nave mientras ustedes estaban adentro —comentó el de la voz ronca—. Si son tan pacíficos, ¿por qué no parecen asustados?

—Estamos muy asustados —le respondió mamá. Nos miró y todos asentimos.

—Este par tiene terror, al igual que nosotros —dijo papá.

Los zhuris se miraron entre ellos.

—Pero no están produciendo ningún olor —señaló Leeni.

—Los humanos no demuestran sus emociones por medio de los olores —explicó papá.

—Entonces, ¿cómo les comunican sus emociones a otros humanos?

—Se pueden notar en nuestras expresiones y en nuestras voces.

—O sea que, en este momento, ¿ustedes también tienen miedo? —preguntó Leeni.

—¡Sí! Por supuesto que sí —dijo mamá—. Nos acaba de atacar un enjambre de los suyos.

—Eso no era un enjambre —corrigió el ronco—. Era una turba iracunda.

—¿Cuál es la diferencia? —preguntó mamá.

—Un enjambre es violento.

—¿Cómo se puede ser más violento que eso? —gritó Ila.

Mamá apagó su traductor y se dirigió a mi hermana.

—Ila, no hables.

—Perdón.

—Como decía —continuó el ronco—, nos disculpamos por el inconveniente. Estamos preparando otro transbordador para regresarlos a la nave humana. Estará listo pronto.

Mamá los miró confundida.

—¿Por qué regresaríamos a la nave humana?

—Por su propia seguridad —dijo él—. Como ya vieron, su presencia genera fuertes desacuerdos. Por su propio bien, seguro que no se querrán quedar, ¿verdad?

—Por supuesto, queremos quedarnos —le respondió mamá—. Como ya les dijimos varias veces, no tenemos otro lugar adónde ir.

Los zhuris volvieron a mirarse entre ellos.

—Pero aquí todos estamos de acuerdo en que lo mejor es que se vayan —insistió Leeni—. Las emociones que han provocado hacen que sea muy peligroso que vivan en Chum.

—Con todo respeto, nosotros no hicimos nada para provocar esas emociones. Solo bajamos de la nave. Nuestro único deseo es vivir aquí en paz. Si nos dan la oportunidad, lo demostraremos con nuestras acciones.

Los dos zhuris acercaron la cabeza y comenzaron a susurrar con voces tan bajas que nuestros traductores no alcanzaban a captarlas. Mientras tanto, el olor a leche agria, que se había ido desvaneciendo, volvió a cobrar fuerza. Leeni comenzó a frotar sus alas con un movimiento extraño que parecía de incomodidad.

Al fin se dirigieron de nuevo a nosotros.

—Lo discutiremos con los demás y volveremos —dijo el ronco.

Los dos se fueron con sus patas dobladas hacia una puerta y nos dejaron rodeados de seis soldados zhuris. Fuera lo que fuera el olor a leche agria, desapareció junto con los oficiales que no traían armas.

—Hola —les dijo mamá a los soldados más cercanos.

Ellos no respondieron.

—Me llamo Amora —continúo ella—. ¿Puedo preguntarles sus nombres?

Los soldados no dijeron nada. Solo mantuvieron la mirada fija y sus armas apuntándonos.

Luego de eso entendimos el mensaje. Los cuatro volvimos al interior de la nave y nos preguntamos qué demonios estaba pasando.

—¿Qué creen que era ese olor a leche agria? —pregunté.

—Burocracia —respondió papá.

Sabía que era un chiste, pero no lo entendí.

—¿Qué quieres decir?

—Quiere decir —aclaró mamá con un suspiro— que esos dos no tienen autoridad para tomar una decisión respecto a nosotros. Así que fueron a buscar a alguien que sí la tenga.

6

UNA CASA PARA MALVAVISCOS GIGANTES

ESTUVIMOS DENTRO de la nave hasta la mitad de la noche.

En algún momento nos dio hambre, así que papá abrió un contenedor de chow. Yo tenía la esperanza de que, al llegar a Chum, nunca volvería a comerlo. Pero el ataque con escupitajos de veneno de los aliens (no, perdón, de acuerdo con papá, nosotros éramos los aliens) me dejó con tanta hambre que no me pude negar. Me obligué a tragarme un pedazo de monserga mientras Ila y mamá se comían el de cochinada. Papá comió porquería, que era el que siempre elegía, aunque, por mucho, era el de peor sabor. Puedo apostar a que se lo comía por la culpa de haber creado esa cosa.

Tras un rato, a todos nos dieron ganas de ir al baño. Pero la nave zhuri no tenía uno y, cuando les preguntamos a los soldados si había alguno en el hangar, solo se nos quedaron viendo. En cierta forma me cayó bien la distracción. Hasta que mi vejiga se llenó, me la había pasado dándole vueltas en mi cabeza a la misma pregunta: «¿Cómo podemos vivir en un planeta con enjambres de gente que nos escupe veneno solo por estar aquí?». Entre más ganas de hacer pipí tenía, más difícil era enfocarme en el terrible miedo que estaba sintiendo.

Durante un rato, Ila y yo intentamos dejar de pensar en nuestras vejigas viendo los episodios de *Los Birdley* que habíamos llevado. Cuando terminamos todos los que teníamos en nuestras pantallas, intenté descargar otros de la biblioteca del transporte humano, pero no había conexión.

—La nave está orbitando al otro lado del planeta —me explicó papá—. No tendremos señal hasta que dé la vuelta y vuelva a acercarse.

—¿Cuánto tardará eso?

Revisó su pantalla.

—Como una hora, más o menos.

—Intenten dormir un rato —sugirió mamá—. ¿No se han cansado con la gravedad?

Cansancio no era la palabra correcta. Sentía como si la carne se me estuviera escurriendo por el esqueleto. Me acosté en el suelo de la nave, pero era duro e incómodo, y me preocupaba la posibilidad de orinarme en los pantalones si me dormía.

Al fin, Leeni volvió por nosotros.

—Seré su guía hasta que regresen a la nave humana —dijo—. La División de Inmigración les encontró un alojamiento temporal, donde podrán quedarse hasta que se vayan de nuestro planeta.

Mamá ni se molestó en explicarle una vez más que no podíamos irnos porque no teníamos adónde ir.

Leeni y cuatro guardias armados subieron a la nave y salimos del hangar volando para cruzar la ciudad. Mamá estaba en la fila del frente con Leeni. Ila y yo íbamos atrás. A papá le tocó más atrás, con los guardias.

El olor a leche agria volvió junto con Leeni. Claramente salía de ella.

—Noto —dijo mamá, eligiendo con mucho cuidado sus palabras— cierto olor. ¿Lo provoca alguna emoción?

Vi cómo Leeni echó ligeramente la cabeza hacia atrás cuando escuchó la traducción.

—No es de buen gusto señalar el olor de alguien más cuando está intentando controlarlo, pero no puede —señaló.

—¡Lo siento mucho! —dijo mamá de inmediato—. No quise ofenderte.

—Estoy haciendo todo lo que puedo por controlar mi olor a miedo. Es difícil en su presencia.

Además del olor a leche agria, alcancé a percibir un poco de la gasolina de la ira. Me pareció que venía de los soldados que estaban detrás de mí. Seguro no les gustó la forma en que mamá cuestionaba a Leeni.

—Por favor, no nos tengas miedo —le pidió mamá a Leeni con voz suave—. Somos pacíficos. Nunca haríamos nada que los lastimara.

—Gracias por decirlo —respondió ella.

Nadie dijo nada más durante el resto del viaje. Para cuando llegamos a nuestro destino, los olores del miedo y la ira ya habían desaparecido.

Nos detuvimos en una pequeña zona habitacional de doce casas idénticas con forma de panal, dispuestas en un anillo de seis lados que rodeaba un enorme jardín. La nave aterrizó en una de sus orillas y Leeni nos llevó, bajo la luz de la luna (que era mucho más brillante que en la Tierra, porque Chum tenía tres lunas), hacia la casa más cercana.

Como todas las casas del conjunto, estaba a oscuras, vacía y solo tenía un piso, aunque ese piso medía al menos lo que cualquier edificio de dos plantas en la Tierra.

—Estas casas se construyeron para los ororos, por eso todo en ellas es enorme —comentó Leeni, y no mentía. La puerta principal era tan ancha que hubiera cabido una camioneta. O un malvavisco de casi dos metros, que supongo era la intención.

Al entrar nos encontramos con un suelo esponjoso que me recordó las áreas de juegos para niños en la Tierra. Había tres habitaciones conectadas por enormes puertas a un espacio común.

Ahí, en un extremo se encontraba lo que parecía ser un sofá gigante y, en medio, una mesa igual de gigante (pero muy bajita) rodeada de sillas tan anchas como las bancas de un parque. Al fondo había una pared de máquinas y encimeras que parecían una cocina.

El cuarto que a todos nos urgía encontrar estaba al otro lado del lugar.

—Los ororos expulsan su basura corporal igual que los humanos —dijo Leeni, señalando la puerta del baño—. Podrán echar la suya en el contenedor dentro de esa habitación.

—¡Primera! —gritó Illa, que ya iba corriendo hacia allá, y cerró la puerta de golpe. Fui a formarme para entrar después.

—¡Apúrate, Ila!

—¿Los zhuris no producen… «basura corporal»? —le preguntó papá a Leeni.

—Los desechos salen de nuestro cuerpo en forma de sudor —respondió ella—. Biológicamente, es mucho más eficiente.

«Y mucho más asqueroso», pensé.

—¡Ayno, ayno! ¡Esto es enorme! —gritó Ila desde el otro lado de la puerta.

Un instante después se oyó desde el baño un sonido parecido al motor de un cohete.

—¿Todo bien allá adentro? —preguntó mamá.

Ila salió, negando con la cabeza.

—No le jales si no te has levantado —me dijo—. Podría matarte.

Tenía razón. El escusado era casi del tamaño de una tina y apenas lo suficientemente bajo como para que un humano se alcanzara a sentar en la orilla. Cuando apreté el botón para descargar el tanque, la cosa esa se levantó casi un metro, se redujo a un tercio de su anchura normal (y aun así todavía era cinco veces más grande como para que un humano se sentara) y creó una succión tan fuerte y ruidosa que alcancé a sentir cómo el aire se iba hacia la taza desde el otro lado del lugar.

Logré usarlo sin morir. Cuando mamá y papá salieron de sus respectivos turnos, Leeni se despidió de nosotros.

—Volveré por la mañana y entonces discutiremos cuándo se irán —dijo con tono esperanzado.

En cuanto Leeni se fue, elegimos nuestras habitaciones. Todas eran enormes, en cada una habría cabido varias veces todo nuestro compartimiento familiar de Marte. La mía tenía una cama enorme (pero muy baja) y varias cajoneras por toda la pared, aunque yo no tenía nada que poner en ellas, salvo la poca ropa extra que llevaba y mi pantalla.

Me acosté en la cama para probarla. El colchón estaba hecho de un líquido muy denso o de un plástico muy suave. Al acostarme hizo una especie de olas y luego se reajustó alrededor de mi cuerpo de un modo tan perturbador que por un momento consideré dormir en el suelo.

Pero, tan pronto el colchón terminó de adaptarse a mi cuerpo, sentí como si me estuviera dando un cálido abrazo. Era tan cómodo que me dormí sin siquiera levantar la cabeza.

CUANDO DESPERTÉ, la luz del sol ya se colaba por la ventana. Aún con pesadez, cerré los ojos para protegerme de la luz, pero de repente un pensamiento me hizo abrirlos de golpe otra vez.

«Estoy en otro planeta. Y mi cama me está abrazando».

Un segundo pensamiento me obligó a levantarme de ese colchón ridículamente cómodo.

«¡Puedo salir!».

Fuera de los horribles segundos que pasamos en la pista del puerto espacial y de la breve caminata en la oscuridad desde la nave hasta nuestra puerta, no había estado en el exterior desde que dejamos la Tierra.

Fui a la sala. Aún no se despertaba nadie. Miré por la ventana. El jardín rojo estaba vacío.

Caminé de puntitas hacia la puerta y la abrí. Nuestra zona era silenciosa y tranquila, y tenía un agradable olor como a bosque. El sol estaba justo encima de las casas al otro lado del jardín y se sentía tibio en mi cara.

Di un paso hacia afuera y un par de armas puntiagudas salieron de la nada para bloquear mi camino. Había dos soldados montando guardia contra la pared a cada lado de la puerta principal.

Ahogué un grito mientras uno de ellos chillaba algo, dirigiéndose a mí.

—¿Reeeeyeeeeh?

Regresé a la casa de un salto y azoté la puerta. Luego corrí por mi pantalla y lo intenté de nuevo. Esta vez me quedé en el umbral de la puerta e intenté ser amable.

—Buenos días, señores —dije a través de mi traductor, con la esperanza de que realmente fueran señores y no señoras, o quizá otra opción que yo no conocía.

—¿Reeeeyeeeeh?

—¿Adónde vas? —me preguntaba el soldado. Alcancé a percibir el olor a leche agria que salía de uno de ellos, o quizá de los dos.

—Solo quiero respirar el aire fresco y caminar sobre el pasto. ¿Está bien?

Se miraron entre ellos.

—Sí. Pero no toques el cerco.

Salí y miré a mi alrededor.

—¿Dónde está el cerco, señor?

En vez de responder, el soldado se echó a volar con su arma extendida frente a él. A unos treinta metros, la punta hizo que un domo de electricidad azul se encendiera alrededor del perímetro de la zona.

—¡Gracias, señor! —dije con una enorme sonrisa cuando volvió al suelo.

Él no me respondió nada. Seguí mirando a mi alrededor. No había señales de vida en las doce casas que rodeaban el jardín, ni tampoco otras estructuras, salvo por una nave de color beige, como del tamaño de un carro pequeño, estacionada junto a nuestra casa. Supuse que era de los guardias.

—Disculpe, ¿podría decirme si...? ¿Alguien vive en las otras casas?

—No —respondió uno de los soldados.

—¿Alguien ha vivido aquí alguna vez?

No respondió. Me alejé de la casa con dirección al centro del jardín. Se sentía tan bien poner los pies descalzos sobre el pasto rojo que casi me dieron ganas de llorar. El aire olía delicioso e inhalé con todas mis fuerzas para atrapar lo más que pudiera.

Me hinqué y di las gracias por el aire dulce, el sol cálido y el jardín silencioso y tranquilo. Llevaba mucho tiempo preguntándome si alguna vez volveríamos a disfrutar algo así.

Luego recordé el enjambre de zhuris en el puerto espacial y mi corazón se aceleró.

Me tumbé de espaldas en el pasto, con las rodillas dobladas, inhalando profundamente para tranquilizarme mientras contemplaba el cielo verde.

«Qué genial sería este lugar si la gente no nos escupiera veneno».

«Y si esas casas estuvieran llenas de humanos. Y si Naya fuera nuestra vecina».

Me juré que ayudaría a que eso fuera una realidad. Me comportaría como el ser humano más amigable, genial y maravilloso. Iba a cambiar su opinión respecto a nosotros.

«Guau, guau».

En eso se escuchó un trueno chisporroteante y el cerco eléctrico se encendió.

Me incorporé con el corazón latiéndome de nuevo a toda velocidad. Una nave beige con forma de cápsula había cruzado el cerco sobre las casas al otro lado de la zona residencial. Y venía volando directo hacia mí.

Para cuando aterrizó sobre el pasto frente a la casa, yo ya estaba adentro de nuevo y con la puerta cerrada. Mis papás apenas iban saliendo de sus habitaciones con gesto adormilado. De seguro los despertó el sonido del cerco.

Papá fue a la ventana.

—Creo que es Leeni —comentó.

Sí era, y traía dos contenedores grandes.

—Pensé que les gustaría probar la comida de nuestras distintas especies —nos dijo.

La puerta de Ila se abrió de golpe.

—¿Alguien dijo «comida»?

Leeni puso cuatro vasos sobre la mesa baja y vertió un denso líquido gris en cada uno de ellos.

—Esta es comida zhuri.

Olía como a calcetines sudados y sabía aún peor.

—¿Hay otros sabores? —preguntó mamá, intentando ser amable.

—No —respondió Leeni—. Nunca hemos entendido por qué la comida debería tener más de un sabor. Todos estamos de acuerdo en que no es eficiente.

Luego siguió la comida krik. También era asquerosa, pero de un modo totalmente distinto: no dejaba de moverse.

—Cuando los zhuris llegaron al planeta Chum —explicó Leeni—, los kriks que vivían aquí comían animalitos vivos.

Puso un contenedor rectangular de comida krik, que se sacudió sobre la mesa como si tuviera frijoles saltarines dentro.

Mamá ahogó un grito.

—¿Hay un animal vivo ahí?

—No. Como los hábitos alimentarios de los kriks nos parecían bárbaros, los ayudamos a mejorar genéticamente la planta yeero para que se mueva de forma que les recuerde a sus presas originales.

Leeni abrió el contenedor, sacó el yeero y lo puso en un plato. Parecía un pepino de tamaño mediano, pero con varias docenas de tentáculos saliéndole por todos lados.

—¿Eso es un vegetal? —Ila estaba pálida.

—¿Se muere cuando lo cortas? —preguntó papá.

—En teoría —aclaró Leeni—, ya está muerto.

—Lo partió en cuatro partes con un cuchillo y todas siguieron zangoloteándose como antes.

—Creo que preferiríamos no comer eso —dijo mamá con amabilidad.

—Buena decisión —señaló Leeni—. No se deja de mover en el estómago hasta un rato después de comerlo.

—¿Eso es todo? —preguntó Ila.

—No —dijo Leeni, buscando otros contenedores en su bolsa—. También traigo comida ororo. Hay una cantidad de sabores en verdad ridícula, pero les traje los cinco más comunes. Dudo que les gusten.

Tras la sorpresa de la comida zhuri y krik, no teníamos mucha esperanza. Pero la de los ororos era increíble. Cada una venía en un colorido cubo con su propio sabor y textura. Los sabores eran muy diversos: salado, dulce, amargo y un par más que ni siquiera sabría describir con palabras; lo mismo pasaba con las texturas. Algunas variedades eran crujientes, otras chiclosas, y había una morada que se derretía casi al instante en la boca.

Las cinco sabían increíble. Entre los cuatro nos comimos absolutamente todo en tan solo dos minutos.

—Eso. Estuvo. Buenísimo —dijo Ila cuando se terminó la comida.

—Es curioso que prefieran la comida ororo —comentó Leeni—. Es mucho menos eficiente que las otras.

—Leeni, ¡te agradecemos mucho que nos hayas traído esto! —dijo mamá con una enorme sonrisa—. ¡Fue muy amable de tu parte! —Los demás seguimos su ejemplo y le agradecimos a Leeni con mucha efusividad y unas sonrisas enormes y bobas. Temí que estuviéramos exagerando, pero a Leeni pareció gustarle.

—Me alegra que hayan disfrutado la comida —señaló—. ¿Ya decidieron cuándo se irán de nuestro planeta?

Mamá no permitió que su sonrisa desapareciera.

—¿Por qué quieres que nos vayamos?

—Todos estamos de acuerdo en que lo mejor para ustedes y para nosotros es que no se queden en Chum. La historia humana de violencia ha provocado fuertes emociones entre nuestra gente.

—Ya has pasado un tiempo con nosotros, ¿te parecemos violentos?

—No —reconoció Leeni—. Aun así, son la causa de muchas discusiones. Todos estamos de acuerdo en que lo mejor es que no se queden.

—Somos muy pacíficos —le prometió mamá—. No hay nada que temer con nosotros. Y de verdad queremos quedarnos. Mi esposo y yo queremos conseguir trabajo y contribuir a la sociedad de Chum. Ila y Lan quieren ir a la escuela. Antes de que llegáramos, el Gobierno Unificado nos prometió la oportunidad de hacer todo eso.

Nos llegó un olorcillo a leche agria que venía del lado de la mesa donde estaba Leeni.

—Es verdad —reconoció—. Pero tras el conflicto de ayer, todos estamos de acuerdo en que ya no es buena idea. La División Ejecutiva ordenó que no salgan de esta zona residencial salvo para volver al puerto espacial y regresar a la nave humana.

—¿Puedo preguntar quién dio esa orden? —dijo mamá con voz cortés.

—Todos estamos de acuerdo en que es lo mejor.

—Entiendo. Pero alguien debe haber dado la orden. ¿Quién decidió que no podemos salir de la casa?

Leeni se frotó las alas con gesto incómodo.

—El jefe de la División Ejecutiva.

—¿Podemos reunirnos con él?

—Puedo solicitar una videoconferencia.

—Preferiríamos verlo en persona.

Leeni se frotó las alas de nuevo, como si fuera un tic nervioso.

—No creo que eso sea posible. La División Ejecutiva está al otro lado de la ciudad y ustedes no tienen permitido viajar hasta allá.

—¿El jefe no podría venir?

Leeni miró a mamá como si no comprendiera la pregunta. Mamá le ofreció una sonrisa aún más grande que antes.

—En el planeta humano —le dijo a Leeni— tenemos una costumbre. Es muy importante y se le respeta mucho. Les llamamos reuniones o cenas. Humildemente invitamos al jefe a que venga a ver cómo son. También serán bienvenidos otros zhuris que deseen venir, además de los representantes de otras especies de Chum. Nos encantaría conocerlos a todos.

—¿Cuál es el propósito de estas «cenas»? —preguntó Leeni.

—Presentarnos. Y mostrarle al jefe que la gente de Chum no tiene nada que temer de los humanos.

Leeni siguió frotándose las alas.

—Le informaré a la División Ejecutiva de su solicitud —dijo.

UNOS MINUTOS DESPUÉS, los cuatro estábamos en el jardín viendo cómo se alejaba la nave de Leeni.

—Esperemos que el jefe diga que sí —comentó mamá.

—Si hacemos una cena —dije con alegría—, ¿podemos pedirles a los ororos que traigan su comida?

—Claro que no —respondió papá—. Vamos a dar chow.

—¡Papá!

—¡Era broma!

—Si dicen que sí —prometió mamá—, yo misma me pondré de rodillas para rogarles que traigan más comida ororo.

Papá hizo un gesto de molestia.

—El chow mantuvo viva a mucha gente, ¿eh?

Mamá lo abrazó de costado.

—Lo sé, cariño. Estamos muy agradecidos. Pero no les vamos a dar eso a los invitados.

7

LA CENA CON LOS ALIENS

TOMÓ MÁS DE un día, pero el jefe de la División Ejecutiva (lo que sea que fuera eso) aceptó por fin la invitación de mamá. La noche siguiente fuimos anfitriones de la Cena Más Importante en la Historia de la Humanidad.

O al menos la Cena Más Importante Fuera de la Tierra.

Nuestros invitados fueron cinco mosquitos gigantes, una lobita verde y un malvavisco de casi dos metros con brazos.

También fueron cuatro soldados zhuris, pero no estaban ahí para comer, solo para electrocutarnos si hacíamos algo violento.

Otros tres zhuris llegaron temprano para dejar la comida, que felizmente incluía suficientes raciones de variedad ororo también para los humanos. Uno de los zhuris llevó cámaras de video: tres drones del tamaño de una pelota de beisbol que flotaban en el aire grabando todo lo que hacíamos.

—¿Puedo preguntar para qué son las cámaras? —le dijo mamá al obrero zhuri que las estaba activando.

—Van a grabar para los noticieros de la televisión de Chum.

—¿Chum tiene televisión?

Fue la primera vez que se nos ocurrió que podría haber televisión en el planeta. Pero los trabajadores ignoraron nuestras preguntas al respecto sin importar con cuánta amabilidad se las planteáramos o lo mucho que sonriéramos al hacerlo.

Los cinco invitados zhuris eran Leeni, el oficial ronco que estuvo con ella en el hangar del puerto espacial, el jefe —que se veía mucho más viejo que los otros, con puntos muertos en sus ojos compuestos y la piel verdosa y café tan descolorida que casi parecía gris— y dos zhuris más bajitos que el resto.

Resultó que los chaparritos eran niños.

—Me llamo Hooree —anunció la más pequeña, que estaba justo frente a mí—. Mi huevo se abrió casi al mismo tiempo que tú. —La aplicación de traducción le dio la voz de una viejita gruñona.

—¡Hola, Hooree! —dije con una enorme sonrisa, esperando que la zhuri supiera que las sonrisas humanas son un gesto amistoso—. ¡Me llamo Lan! ¡Me da mucho gusto conocerte!

Al parecer, la sonrisa no ayudó en nada. Hooree apestaba a leche agria, a miedo.

—Yo soy Iruu —le dijo a Ila el otro chaparrín. Su voz sonaba como la de una rana de caricatura y casi suelto unas risitas al escucharla—. Yo también estoy muy cerca de tu edad biológica.

—Yo soy Ila —respondió mi hermana, intentando sonreír, aunque sin lograrlo. En los dos días que llevábamos en el planeta había estado aún más callada y deprimida que en Marte. El único momento en que su pesar se desvaneció por un rato fue cuando Leeni nos dio la comida ororo—. Es un gusto conocerte.

—Les pedimos a Iruu y Hooree que vinieran a la cena para acompañar a los humanos más jóvenes —explicó Leeni—, y para ayudarnos a determinar si encajarían bien en una escuela de Chum.

—¡Muchas gracias por venir! —exclamé con una enorme sonrisa hacia los chicos zhuris—. ¡Es un honor tenerlos aquí!

La única respuesta que obtuve fue más olor a miedo de Hooree.

Después, Leeni nos presentó al ororo y a la krik. Ambos eran oficiales del gobierno.

—Lamentamos que nuestros traductores aún no puedan convertir sus palabras al idioma que entendemos —les dijo mamá al malvavisco gigante y a la pequeña loba verde.

—¡Mrrrrmmmm! —rugió el gran ororo como respuesta.

Todos miramos a Leeni, esperando la traducción, pero ella no dijo nada. Al final, mamá dejó de esperar y cambió de tema.

—¿Nadie de la especie nug pudo venir? —preguntó—. Teníamos muchas ganas de conocerlos también.

Al mencionar a los nugs, los adultos zhuris se frotaron las alas con ese gesto nervioso que ya habíamos visto en Leeni. La pequeña krik abrió su boca llena de colmillos afilados y luego la cerró, y los gruesos párpados del ororo se entrecerraron en una expresión que parecía de tristeza.

—Ya no hay nugs en el planeta Chum —explicó Leeni.

—Lo siento mucho —dijo mamá—. No lo sabía.

Siguió un silencio incómodo.

—Quizá a los niños les gustaría salir y hacer deporte —sugirió Leeni.

Iruu, el mayor, nos mostró un disco curvo que parecía un *frisbee.*

—¡Traje un disco *suswut*! ¿Les gustaría aprender a jugar?

—¡Nos encantaría! —exclamé con alegría. Mientras avanzaba hacia la puerta, escuché que Ila soltaba un quejido. En la Tierra nunca le gustaron mucho los deportes.

Cuando salimos por la puerta junto con los dos chicos zhuris, un par de guardias armados nos siguió. Supongo que no se arriesgarían.

En el tiempo que nos tomó cruzar hasta la mitad del enorme jardín rojo creé toda una fantasía en mi cabeza en la que me convertía en el mejor jugador de *suswut* en la historia de Chum. Mis increíbles talentos deportivos se ganarían a todo el planeta e invitarían al resto de los humanos a Chum con la esperanza de encontrar más estrellas del *suswut* como yo.

La fantasía duró hasta que Hooree e Iruu se echaron a volar, elevándose a unos tres metros sobre nuestras cabezas. Iruu le lanzó el disco *suswut* a Hooree, que lo atrapó y luego nos miró.

—¿Pueden volar? —preguntó.

—¡Lo siento mucho! —le dije—. Los humanos no podemos volar.

—Oh. —Ambos bajaron lentamente hasta el suelo.

—Si no pueden volar, no serán buenos para el *suswut* —comentó Iruu y agachó la cabeza en un gesto que me hizo pensar que estaba muy decepcionado.

—¿Podemos intentarlo de todos modos? —pregunté.

Hooree negó con la cabeza.

—No sería divertido. Los kriks y los ororos tampoco pueden volar. Ambos son terribles para el *suswut*. —Sonaba cruel y creída, y me pregunté si así era su personalidad o solo era la voz de abuela enojada que le dio el traductor.

Una de las cámaras como bolas de beisbol estaba flotando a la altura de nuestras cabezas, a unos metros de nosotros, con su lente apuntando directo hacia mí. Intenté mantener la sonrisa boba en mi rostro, pero ya me estaba doliendo la cara.

Nos quedamos ahí, sin que nadie dijera nada y con el silencio de Hooree apestando. Por fin hablé yo.

—¡Gracias de nuevo por venir a la cena! ¡Estamos muy agradecidos!

—No tuvimos opción —dijo Hooree—. Nos ordenaron que viniéramos.

—Leeni nos dijo que viniéramos —agregó Iruu, con un tono mucho más amable que el de su compañera—. Vivimos en la misma colmena que él.

—Espera… ¿Leeni es un «él»? —pregunté. Me había estado refiriendo a él en femenino por la vocecita de niña que le dieron.

—No entiendo tu pregunta —dijo Hooree.

—Es como… Los humanos son casi todos o mujeres u hombres —expliqué—. Los hombres son «él» y las mujeres son «ella». Y, eh…

Iruu asintió.

—Cuando los hombres y las mujeres se aparean, se reproducen, ¿verdad? Los ororos y los kriks son iguales. Pero los zhuris no. Solo nuestras gobernantes son femeninas. Ellas ponen todos los huevos en la colmena. El resto somos masculinos.

—¡Qué interesante! —dije—. ¿Verdad, Ila?

—Mmmm. —Mi hermana ya ni intentaba sonreír.

Otro silencio incómodo.

—¿Cuántos individuos hay en su colmena? —le pregunté al zhuri.

—Tres mil cuatrocientos diecisiete —dijo Hooree.

—¡Son muchos! —exclamé—. ¿Hay mucha fila para el baño en la mañana?

Iruu y Hooree se me quedaron viendo. Luego recordé que los zhuris no van al baño.

—¡Perdón!, quería hacer una broma.

—Nadie debería hacer bromas —dijo Hooree—. Todos estamos de acuerdo en que las bromas son descorteces. Provocan emoción.

—¡Lo siento mucho! —repetí, sintiendo el estómago revuelto—. No lo sabía.

—Es cierto que las bromas son descorteces —dijo Iruu—, pero algunos piensan que a veces está bien hacerlas.

Hooree giró la cabeza para mirar al zhuri mayor.

—¿Quién piensa eso?

—No conozco a nadie personalmente —dijo Iruu—, pero he escuchado que algunos lo piensan.

—Esos sujetos están equivocados —insistió Hooree—. Hacer bromas nunca está bien. Todos estamos de acuerdo en que es así.

En definitiva, me caía mucho mejor Iruu que Hooree.

—Leeni dijo que van a la escuela, ¿verdad?
—Me sorprendió escuchar a Ila abriendo la boca sin que nadie se lo pidiera.

—Sí —respondió Iruu—. Ambos vamos a la Academia Interespecie Iseeyii. Es la escuela a la que irían si les dieran permiso.

—¡Me encantaría ir a la escuela! —dije, asintiendo con vigor—. ¡Me encanta aprender cosas y conocer gente nueva!

Los zhuris me miraron sin expresión en su rostro y sentí vergüenza. Estaba esforzándome demasiado.

Ila tomó aire nerviosamente.

—Si fuéramos a su escuela —preguntó con voz temblorosa—, ¿los estudiantes nos escupirían veneno?

Ambos zhuris echaron la cabeza hacia atrás.

—¡Oh, no! —dijo Iruu—. Eso no pasaría. Crear conflictos así es muy malo. Nunca nadie les haría algo así.

—Pero ¡ya nos lo hicieron! —aclaró Ila—. Cuando el enjambre nos atacó en el puerto espacial.

—¡Eso no era un enjambre! —zumbó Hooree—. ¡Era una turba iracunda!

Tanto él como Iruu se estaban frotando las alas. Para entonces, yo ya había entendido que ese era el lenguaje corporal de los zhuris para decir: «Esta conversación nos está poniendo muy incómodos».

—¿Cuál es la diferencia?

—Si hubiera sido un enjambre, las cosas se habrían puesto mucho peores —me aclaró Iruu—. Pero, de cualquier modo, todos estamos de acuerdo en que lo que pasó en el puerto espacial fue muy malo. Y en nuestra escuela nunca pasaría algo así.

—Si son pacíficos, no habrá problemas —agregó Hooree—. En Iseeyii, las tres especies estudian juntas sin conflictos.

—¿Qué le pasó a la cuarta especie? —pregunté.

—Solo hay tres —me respondió Iruu—. Los zhuris, los kriks y los ororos.

—Pero cuando hablamos por primera vez con la gente de Chum había cuatro. Esas tres y los nugs.

Iruu y Hooree se miraron entre ellos.

—Nunca había escuchado de esa especie —dijo Iruu.

—No existe —aclaró Hooree.

—Pero existió —insistí—. ¿No escucharon a los adultos? Estaban hablando de eso. Y yo los vi en un video. Eran enormes y babosos, con un gran agujero por boca. Se movían así. —Hice mi mejor imitación de un nug arrastrándose—. Y gritaban algo como: «¡Skriiii!».

Hooree se alejó de mí con horror y su olor a miedo, que ya se había empezado a disipar, volvió de golpe.

Pero Iruu no se alejó y alcancé a percibir un olorcillo distinto saliendo de él. A diferencia de la gasolina de la ira y la leche agria del miedo, este no era asqueroso. De hecho, era agradable, un olor dulce y casi sabroso, como el de una dona recién horneada.

Hooree negó con la cabeza.

—Te equivocas —me dijo—. Si existiera esa especie, lo sabríamos.

—Ese movimiento que hiciste es muy extraño —dijo Iruu—, ¿podrías repetirlo?

Antes de poder responderle a cualquiera de los dos, se abrió la puerta de la casa.

—¡Niños!, ya vamos a cenar —gritó papá.

INTENTÉ NO FIJAR la mirada en la planta yeero que se sacudía de un lado a otro, bajo la mano de la krik, mientras ella la aplastaba contra su plato para evitar que se fuera corriendo por la mesa. Ya nos habían servido a todos. Había diez colores distintos de comida ororo acomodada en cubos perfectos sobre mi plato y me moría de ganas por devorarlos, pero teníamos que esperar a que el anciano jefe terminara su discurso sobre lo importante que era la inmigración para el planeta Chum.

Los tres drones con cámaras fijaron sus lentes en él desde distintos ángulos mientras hablaba.

—Así como los kriks recibieron a los zhuris en el planeta Chum hace mil doce años, y los zhuris y los kriks invitaron a los ororos hace ciento noventa y seis años, nuestro Gobierno Unificado les da la bienvenida a todas las especies que buscan refugio aquí. A cambio, solo pedimos que los refugiados sean pacíficos y no causen conflicto. Hoy le damos la bienvenida a la unidad reproductiva humana Mifune-Persaud como invitados temporales, mientras consideramos si la especie humana puede cumplir con estas condiciones.

Luego tocó el turno de mamá. Ella se levantó, frente al jefe al otro lado de la mesa, y las cámaras giraron para grabarla.

—Les agradecemos desde el fondo de nuestros corazones por darnos tan amable bienvenida al planeta Chum. Tras el capítulo más oscuro en la historia de la especie humana, su civilización es una luz que nos guio a través de la galaxia con su invitación. Solo deseamos vivir con ustedes en paz y contribuir de forma positiva a la sociedad de Chum.

Sentada junto a mí —las sillas ororos eran tan anchas que compartíamos una—, Ila se aclaró la garganta y se acomodó nerviosamente. Había aceptado cantar para el grupo y su gran momento estaba cerca.

—Como ejemplo de uno de los muchos regalos que tenemos para ustedes —continuó mamá—, mi hija mayor, Ila, quiere cantarles. La música es una de las muchas formas artísticas humanas que...

—¡Yeeeeheeee! —Las alas del jefe se sacudieron a gran velocidad mientras se elevaba a varios centímetros de su silla, interrumpiendo a mamá con un chillido de enojo.

—¡Apaguen las cámaras!

Al otro lado del cuarto, el zhuri a cargo de las cámaras revoloteó hacia el panel de control para presionar un botón. Cuando lo hizo, las tres cámaras cayeron al suelo.

—¡Lo siento mucho! ¡En verdad! —exclamó mamá de inmediato—. ¿Acaso dije algo que los ofendiera?

El jefe replegó las alas y volvió a su asiento. Pero el tono de su chillido seguía siendo de enojo y un olor a gasolina cubrió toda la mesa.

—¿Quiere obligarnos a escuchar su arte? ¡No queremos saber nada de su arte! ¡Ni del suyo ni de nadie! El único propósito del arte es la emoción, y la emoción es veneno. Chum es una sociedad civilizada. Hemos evolucionado para dejar atrás esas actividades bárbaras.

Mamá estaba tan sorprendida que la sonrisa abandonó su rostro.

—Con todo respeto —dijo, luchando por mantener su voz tranquila y alegre—, creemos que algunas formas de arte y algunas emociones son muy positivas. En ciertos casos, representan lo mejor de una especie…

—¡Tonterías!

Mamá logró recuperar la sonrisa.

—Los zhuris que nos invitaron originalmente mostraron gran interés en nuestro arte. Querían…

El jefe la interrumpió de nuevo.

—Esos zhuris eran unos tontos. Ellos ya no son nuestros líderes. E incluso ellos están ahora de acuerdo en que la emoción solo genera caos. En los últimos años hemos logrado retirar todas las emociones de nuestra sociedad.

Estaba emanando un fuerte hedor a gasolina. Me pregunté cómo podía decir que no había emoción en la sociedad de Chum cuando él mismo apestaba a ira.

Mamá se lo señaló. No dejó de sonreír, pero el tono de su voz se volvió severo.

—¿Cómo puede decir que están libres de emociones cuando cientos de ustedes nos atacaron con ira?

—¡Esa emoción era suya! ¡Los humanos la provocaron!

El chillido de su voz era cada vez más fuerte. Ila tomó mi mano bajo la mesa y la apretó con fuerza. Cuando la volteé a ver, parecía estar tan preocupada como yo.

—Con todo respeto —respondió mamá bajando y suavizando la voz—, nosotros no hicimos nada para provocar eso. Solo salimos de una nave.

—¡Su presencia la provocó! ¿Y ahora quieren que les demos acceso a nuestros lugares de trabajo y escuelas? ¿Para causar más emociones?

El olor a ira ya no solo venía del jefe, y había algo de miedo mezclado en él. Miré a los zhuris preguntándome si alguno de ellos nos escupiría veneno en cualquier momento.

—Su gobierno aceptó esto —le recordó mamá al jefe con tono amable—. Ustedes nos invitaron a cruzar la galaxia para trabajar y estudiar. Creemos que la ira y el miedo de su gente se basa en un malentendido. Solo somos cuatro humanos. No tenemos armas y no somos una amenaza. Si nos dejan entrar a sus escuelas y trabajos, creemos que su gente podrá ver que somos pacíficos.

El jefe miró a mamá fijamente con sus ojos compuestos. Luego se volvió hacia Iruu y Hooree, que estaban sentados frente a mí.

—¿Ustedes qué dicen, niños? ¿Qué les parecería que estos humanos fueran a la escuela?

Ambos comenzaron a responder al mismo tiempo.

—No creo que debieran… —empezó a decir Hooree.

—¡Sería muy interesante para nosotros! —respondió Iruu, ganándole la palabra a su compañero—. La presencia de una nueva especie sería educativa. Y los pequeños humanos son bastante débiles. Ni siquiera pueden volar. Estamos de acuerdo en que no son una amenaza para nosotros. ¿Verdad, Hooree?

—Claro, todos estamos de acuerdo —respondió Hooree con un zumbido bajo y derrotado.

El jefe volteó a ver a la krik, que ya se había cansado de esperar y se estaba comiendo su vegetal movedizo. Tenía los ojos puestos en el plato y no parecía estar escuchando la conversación.

—Desde la perspectiva krik, ¿cuál es su opinión sobre trabajar con humanos?

La krik levantó la mirada. Algunos tentáculos seguían sacudiéndose por las comisuras de su boca. Al darse cuenta de que le hablaban, se los tragó de inmediato.

—¡Gzzrrrzzkkgzzrk!

Nadie nos tradujo las palabras de la krik, pero el jefe echó la cabeza hacia atrás como si la krik no le hubiera dicho lo que quería escuchar. Mirándolo, Leeni y el zhuri ronco se frotaron nerviosos las alas.

—Los humanos no tienen nada útil para nosotros —chilló el jefe—. No son tan fuertes como los kriks, tan inteligentes como los ororos ni tan civilizados como los zhuris. Si les permitimos entrar en nuestros trabajos y escuelas, solo será una pérdida de tiempo para todos.

—Con todo respeto —dijo mamá—, ¿cómo puede estar seguro de eso si no lo intentamos? Lo único que les pedimos es que nos den una oportunidad, la misma oportunidad que nos dieron antes de cruzar la galaxia para venir hasta acá. Si las promesas de su gobierno tienen algún valor, les suplicamos que las cumplan. Dennos una oportunidad.

El viejo zhuri tomó el vaso de líquido gris que tenía enfrente, metió en él su boca tubular y lo vació de un solo sorbo, haciendo un sonido de borboteo al final. El olor a ira había empezado a bajar.

—De acuerdo —dijo—. El Gobierno Unificado cumple su palabra sin importar que haya sido una tontería. Les daremos trabajos de acuerdo con sus capacidades e Ila y Lan podrán ir a la escuela. Pero todos estamos de acuerdo en que este experimento va a fracasar. En cuanto eso pase, se irán de nuestro planeta para siempre.

Después de eso se levantó y salió volando de la casa.

Los demás lo siguieron, aunque el ororo se echó a la boca lo que quedaba en el plato y se tragó todo de un bocado antes de levantarse y salir tambaleándose de ahí. Un minuto más tarde, el único no humano que quedaba en la casa era Leeni.

—Felicidades —dijo—. Mañana por la mañana enviaré naves para que lleven a Ila y Lan a la escuela, y a ustedes a sus nuevos trabajos.

Me pregunté si debería cambiar la voz de Leeni en mi traductor para que sonara como un chico, ahora que sabíamos que era masculino.

—¿Puedo hacerte una pregunta? —dijo papá.

—Claro. Responder sus preguntas es mi trabajo.

—¿Qué dijo la krik sobre trabajar con humanos?

95

Leeni se frotó las alas.

—Dijo que le parecían bastante débiles e inútiles. Y que, si alguno causaba problemas, los kriks podrían arrancarles la cabeza de una mordida sin más.

Papá se rio nerviosamente.

—Lo dijo en broma, ¿verdad?

—No. Todos estamos de acuerdo en que no se deben hacer bromas. Provocan emoción.

Eso me revolvió el estómago. Para un planeta en el que todos decían ser pacíficos, parecía haber mucha violencia en Chum.

Y, hasta ese momento, toda iba dirigida hacia nosotros.

8

¿QUIÉN QUIERE COMER HUMANO?

—NO QUIERO IR —me dijo Ila.

—Tenemos que ir. ¡Y nos irá bien! ¿Te vas a comer esa cosa morada? —Estábamos en la mesa, desayunando sobras de comida ororo.

—¡Sí! ¡No la toques! —La cosa morada era la favorita de todos.

Mi hermana echó un vistazo para asegurarse de que mamá continuaba en el baño y por lo tanto no podía escucharnos, y entonces negó con la cabeza.

—No va a funcionar —dijo con voz baja—. No quieren que estemos aquí.

—Algunos sí —le aclaré—. Los chicos zhuris de ayer fueron amables. Bueno, uno de ellos. Y podemos ganarnos a los demás. Solo tenemos que ser geniales.

—¿Y si se asustan y nos escupen veneno?

—¡No lo harán! Nos prometieron que eso no pasaría en la escuela.

—Nos prometieron muchas cosas que no pasaron —masculló Ila.

—¿Podrías dejar de ser tan negativa? —Mi hermana ya me estaba cayendo mal. Claro que yo también tenía miedo de ir a la escuela, pero sentía que ni siquiera podía mencionarlo, porque le daría más armas para su cantaleta de «no hay esperanza».

Ila abrió la boca para contraatacar, pero en ese momento papá salió de su habitación y ya no dijo nada. Como todos, papá tenía dos conjuntos de ropa. A diferencia de Ila y de mí, ese día llevaba el más informal: una camiseta azul claro y un par de bermudas.

—¿Y esas caras? ¡Hoy es un gran día!

—¿Por qué no traes tu ropa elegante? —preguntó Ila.

—Porque tengo la sensación de que no nos van a dar trabajos de oficina —dijo él—. Además, los zhuris ni siquiera usan ropa. Y no me van a andar diciendo que estoy mal vestido. ¿Queda algo de la cosa morada?

—Lo siento, papá.

—¡Ay, no!

—Queda cosa amarilla.

—Es casi igual de buena. Tenemos que descubrir cómo conseguir más de esta comida.

Pensé en hacer un chiste sobre el chow, pero papá estaba de buenas y no quería arruinarlo.

· · ·

LLEGARON DOS NAVES al mismo tiempo, anunciando su arribo con el clásico trueno del cerco al traspasarlo.

—¿Qué caso tiene el cerco si la gente puede cruzarlo como si nada? —pregunté.

—No pueden —aclaró papá—. De acuerdo con Leeni, las naves necesitan una especie de código para poder pasar. De otro modo, el cerco provocaría que sus sistemas eléctricos se apagaran y se estrellarían.

Ambas naves tenían activado el piloto automático y un par de soldados zhuris armados espe raba dentro de cada una de ellas. Mamá y papá nos despidieron con un abrazo y nos recordaron que debíamos ser lo más felices y amigables que pudiéramos. Luego Ila y yo nos subimos a nuestra nave. El interior era aburrido, todo de plástico y estaba casi vacío, con bancas a cada lado que me recordaron un monorriel que tomé una vez en un aeropuerto en la Tierra.

Ila y yo saludamos alegremente a los dos soldados, que simplemente nos miraron como respuesta, pero me alivió ver que mi hermana al menos estaba intentando ser amigable con los zhuris. Luego comenzamos el vuelo hacia la escuela.

El viaje tomó unos quince minutos. Nuestra zona residencial debía estar a las afueras de la ciudad, porque, cuando comenzamos a volar, vimos varios jardines rojos al centro de edificios beige con forma de panal. Mientras avanzábamos, los jardines fueron apareciendo cada vez más distantes unos de otros, hasta que al final ya no quedaba casi nada de campo abierto. Solo pequeños edificios beige por todas partes.

Pero luego apareció otro jardín rojo entre las construcciones, tan grande como una cancha de futbol americano. Junto había un edificio enorme de tres pisos. Nuestra nave comenzó a descender hacia ese lugar y escuchamos el conocido y escalofriante ¡bsssst! al pasar por el cerco eléctrico. Este se encendió, formando una media esfera azul que cubrió tanto el edificio como el enorme campo de al lado.

Después de que se encendió el cerco, percibí un movimiento por uno de los caminos de afuera y escuché un zumbido conocido que me llenó de miedo.

Era un enjambre de zhuris, o una «turba iracunda», lo que sea que eso significara. Nuestros traductores ya estaban encendidos por si los soldados querían hablar y el mío tradujo de inmediato las palabras de la multitud.

—¡Váyanse a su casa, humanos! ¡Váyanse a su casa, humanos!

—Ay no, no, no... —Ila se cubrió los ojos con las manos—. Otra vez no...

—Tranquila —le dije—. Están al otro lado del cerco.

—¡Los cercos se rompen!

—Este no se va a romper —le aseguré, aunque no tenía idea de si eso era verdad—. Vamos a estar bien.

Nuestros traductores habían convertido toda la conversación para los soldados y uno de ellos habló al fin.

—El cerco no se va a romper —nos aseguró—. La turba es muy pequeña.

—¿Ves? —le dije a mi hermana. Ella solo negó con la cabeza e hizo un gesto de pesar.

Había al menos unos cien zhuris, pero no estaban tan furiosos como los del aeropuerto, porque ninguno de ellos se azotó contra el domo para terminar electrocutado cuando salimos de la nave y avanzamos hacia el edificio. Aun así, sus chillidos eran tan fuertes y estaban tan llenos de rabia que me puse a temblar mientras nos acercábamos a la enorme puerta principal, donde ya nos esperaban tres zhuris.

Dos de ellos eran Iruu y Hooree. El tercero, uno mucho más alto, se presentó como «Hiyew, el jefe de educación de la Academia Interespecie Iseeyii». Supuse que era el director.

—Bienvenidos —dijo el director entre los gritos de los manifestantes—. La misión de Iseeyii es promover la paz y la colaboración entre todas las especies. Estamos ansiosos por tener a los humanos entre nosotros. Por favor, pasen.

Cuando Ila y yo terminamos de agradecerle efusivamente, y yo de sonreír tanto que casi se me contractura un músculo de la mejilla, entramos con él al edificio.

Los soldados armados siguieron detrás de nosotros. Iban a unos metros de Ila y de mí, con sus armas a los costados, mientras el director señalaba su oficina, que estaba al otro lado del vestíbulo y tenía forma de panal.

—Iruu y Hooree serán sus guías hasta que ya no los necesiten —dijo—. Si tienen problemas que ellos no puedan resolver, por favor vengan a mi oficina. Con gusto les brindaré ayuda en cualquier momento. Todos estamos de acuerdo en que son miembros valiosos de nuestra comunidad, y algunos piensan que podrían hacer una gran contribución a la educación de todos. ¿Tienen alguna pregunta?

—No, señor —dijo Ila.

—¡No, señor! —repetí yo—. ¡Gracias! ¡Nos emociona mucho aprender y conocer a nuestros compañeros!

Sentí un poco de vergüenza después de decirlo. Hay una delgada línea entre ser muy amigable y ser molesto, y tenía la plena seguridad de que había quedado del lado equivocado de esa línea. Pero el director solo asintió.

—Me alegra escucharlo. Iruu y Hooree los acompañarán a sus clases. Ya comenzaron, así que deben apresurarse.

—¡Sí, señor! ¡Gracias!

—Gracias, señor.

—Te veo pronto —le dije a Ila mientras me despedía de ella con un abrazo algo incómodo. Nunca habíamos sido del tipo de personas que se abrazan, pero me pareció que lo necesitaba y, aunque se puso tensa un instante, pronto se relajó y me devolvió el gesto. Luego siguió a Iruu por uno de los dos anchos pasillos que salían del vestíbulo mientras yo me iba por el otro con Hooree.

Los soldados también se separaron, uno permaneció conmigo y el otro fue detrás de ella. Por lo visto, íbamos a tener guardaespaldas en la escuela. Me pregunté si estaban ahí para protegernos de los zhuris o para proteger a los zhuris de nosotros.

El pasillo estaba abierto hasta el techo, que era un tragaluz y estaba tres pisos arriba. En los otros dos niveles vi pasillos estrechos a cada costado, con puertas en forma de panal que supuse que eran salones. El lugar podría haberme recordado a un centro comercial, pero con el guardia armado pisándome los talones más bien me pareció una cárcel.

Prácticamente tuve que correr para seguirle el paso a Hooree. Iba sacudiendo las alas en un movimiento entre caminata y vuelo.

—¡Qué escuela más bonita! —le dije.

—Por favor, avanza más rápido —me pidió con su voz de viejita enojona—. Nuestra clase ya comenzó.

Más allá de la mitad del pasillo se detuvo frente a una puerta y me invitó a entrar.

Me encontré en el fondo de un salón con unos treinta estudiantes, todos sentados en bancos y con pantallas en las manos. La mayoría eran zhuris, pero en la parte de atrás había cinco kriks en una fila.

El maestro zhuri estaba al frente, anotando con un láser una especie de escritura ilegible en una pantalla montada en la pared. Cuando nos vio, dejó de escribir.

—Bienvenido al salón educativo seis nada seis —dijo—. Soy el especialista en educación Yurinuri. Por favor, humano, siéntate.

—¡Gracias, señor!

Busqué un lugar donde sentarme. Hooree ya estaba en el suyo y se mimetizó tan rápido con el grupo que ya no estaba seguro de cuál era él. El soldado se recargó en la pared junto a la puerta. Solo vi un banco vacío, casi al centro del salón.

Fui hasta allá, intentando ignorar el hedor a miedo que salía de mis nuevos compañeros. Cuando me senté, escuché el chirrido de las patas de los bancos arrastrándose contra el suelo mientras todos intentaban alejarse lo más posible de mí.

Para cuando se detuvieron, me rodeaban varios metros de vacío en todas direcciones y el resto de la clase estaba apiñada contra las paredes.

El olor a leche agria se volvía cada vez más fuerte. Las cosas no iban muy bien hasta el momento.

Yurinuri me miró con sus ojos incapaces de parpadear.

—¿Cómo quieres que se te diga, humano?

Me tomó un momento entender lo que me estaba preguntando.

—¡Me llamo Lan Mifune! —le respondí, sonriendo como idiota.

—Lan Mifune. Muy bien: salón seis nada seis, por favor denle la bienvenida al Lan Mifune a nuestro grupo.

—¡Bienvenido, el Lan Mifune! —corearon todos.

—Por favor, salón seis nada seis, limpien el aire de su olor. Todos estamos de acuerdo en que no hay nada que temer con el Lan Mifune. Vuelvan al centro del lugar. —Yurinuri hizo un gesto con las manos para indicarles a los chicos zhuris que se acercaran a mí.

Se oyeron muchos chirridos mientras todos arrastraban sus bancos hacia mí. Pero, para cuando terminaron, aún tenía más de un metro despejado a mi alrededor.

Yurinuri giró la cabeza recorriendo el salón con la mirada.

—Creo que lo mejor será —dijo— que dejemos que el Lan Mifune nos cuente más sobre sí. Como ninguno de nosotros había visto a un humano fuera de las pantallas de televisión, estoy seguro de que tendremos muchas preguntas. Lan Mifune, ¿estás de acuerdo con esto?

—Okey —dije.

—Bien. —Me hizo un gesto con su brazo flacucho para que me acercara—. Por favor, pasa al frente.

Me levanté y fui a pararme junto a él, de frente a la clase. El grupo estaba acomodado en forma de herradura, con los zhuris en dos grandes grupos a cada lado y los kriks al fondo. Mi banco estaba solo al centro de la herradura.

—Cuéntanos sobre ti —me pidió Yurinuri.

Todos me miraron con sus ojos alienígenas: los de los zhuris, enormes y sin parpadear, y los de los kriks, rojos y salvajes. Sentí como si tuviera un hoyo negro en el estómago por el que se estaba yendo toda mi energía.

—Me llamo Lan —dije, intentando sonreír a pesar del miedo—. Solía vivir en un planeta llamado Tierra. Pero los humanos ya no pueden vivir ahí. Así que... eh... esperamos que nos permitan vivir en Chum. ¡Somos muy pacíficos! Y... eh... ¡queremos estar de acuerdo con ustedes!

Al parecer, a los zhuris les gustaba mucho «estar de acuerdo», así que pensé que estaría bien mencionarlo. Y luego ya no supe qué más decir.

Además, empezaba a marearme porque se me había olvidado respirar. Intenté sonreír mientras tomaba aire.

Hubo un largo e incómodo silencio.

Por fin, el maestro me rescató.

—¿Alguien tiene preguntas para el Lan? —dijo—. Estoy seguro de que todos quieren saber más sobre el humano.

Una krik al fondo del salón levantó la mano y la señalé.

—¿Rzzzrr grzzzzr? —gruñó y mi traductor lanzó su alerta de «idioma desconocido».

—Esa pregunta no es apropiada, Arkzer —le reprochó Yurinuri.

—Perdón —dije—. Mi traductor no entiende el acento krik. ¿Cuál fue la pregunta?

—No es importante —aclaró Yurinuri.

—¡Me encantaría responder lo que sea! —dije, intentando sonar alegre.

—Preguntó a qué sabes.

«Ay, no». La krik que hizo la pregunta tenía los dientes muy afilados y parecía estar babeando de hambre. Mi corazón se aceleró aún más.

—¡Ay! Vaya. No tengo buen sabor. Definitivamente no. Sobre todo mis pies. O sea, estos zapatos que traigo los usaron como cinco personas antes que yo. Y huelen horrible. Igual que mis pies. Así que... no. No soy buena comida, la verdad.

Intentaba ser gracioso, pero luego me acordé de que a los zhuris no les gustan las bromas.

«Ay, no».

—Yo tengo una pregunta —dijo Yurinuri—. Tu parte que huele mal, pero no es tuya... ¿cómo dijiste que se llama?

—¿Mis zapatos?

—Sí. ¿Qué son zapatos?

—¡Ah! —Señalé hacia mis sucios tenis azules. Los conseguí en el intercambio de ropa y eran tan viejos que las suelas ya se estaban desprendiendo—. Estos son zapatos. Son como ropa para los pies.

—¿Todos los humanos usan zapatos? —preguntó Yurinuri.

—La mayoría.

Un chico zhuri levantó la mano.

—¿Qué es ropa?

—Ah... es, pues... son las cosas que usamos sobre nuestro cuerpo. —Me jalé la camisa y los pantalones para mostrarles—. O sea, esto es ropa.

—¿Todos los humanos usan ropa?

—La mayor parte del tiempo, sí.

—¿Por qué?

—Pues... evita que tengamos frío. Y preferimos cubrir nuestras... partes privadas. Y, eh, nos parece que se ve bien.

—No se ve bien —me dijo el chico zhuri.

—Oh. ¡Bueno! ¡Gracias por tus comentarios!

Para entonces ya se habían levantado varias manos y elegí algunas.

—¿Cómo expulsan su basura corporal?

«Ay, no». No esperaba que eso saliera al tema.

—Tenemos, eh... agujeros. Ahí abajo. Creo que los ororos también. ¿Y quizá los kriks?

Otra mano.

—¿Podemos ver los agujeros?

Me sonrojé.

—¡No! Lo siento. Es que por eso usamos ropa. Porque a los humanos no nos gusta, eh… es privado. ¿Ustedes tienen privacidad? ¿Saben lo que quiere decir?

Se miraron unos a otros y susurraron.

—Tenemos secretos. ¿A eso te refieres? —aclaró Yurinuri.

—Mas o menos. Pero es, pues… diferente. ¡Olvídenlo! —Intenté que no se me borrara la sonrisa.

Otra mano alzada. Un zhuri señaló entre sus ojos.

—¿Esos agujeros en su cara son para la basura corporal?

—¿Qué? No… —Me señalé la nariz—. Estos son para oler cosas.

—¿También producen olores por ahí?

—No producimos olores. Salvo… —Por un momento me pregunté si debía hablarles de los pedos. Luego concluí que quizás era mala idea—. No. No producimos.

—¿No tienen una glándula odorífera?

—No. No producimos olores. No a propósito.

Se miraron de nuevo y susurraron.

—Estudiantes… —les advirtió Yurinuri—. Recuerden sus modales.

Alguien más levantó la mano.

—Si no producen olores, ¿cómo saben los demás humanos que están sintiendo algo?

—Lo ven en nuestra cara. O sea, cuando estamos felices, sonreímos. —Les mostré la sonrisa más grande de la que era capaz—. O simplemente decimos cómo nos estamos sintiendo. Por ejemplo, decimos «Estoy triste».

—Los kriks y los ororos también usan expresiones faciales —les recordó Yurinuri a los chicos zhuris, señalando hacia el grupo de estudiantes kriks al fondo. Algunos kriks asintieron, pero eso no pareció ayudar a que los zhuris me vieran con menos extrañeza. Seguían mirándose entre ellos y susurrando cosas mientras negaban con la cabeza.

Uno de los kriks levantó la mano.

—¿Bzzrlzrrr?

Miré a Yurinuri.

—¿Qué comen? —tradujo.

—¡Ah! Antes comíamos toda clase de cosas —le dije al krik—. Pero últimamente solo, eh, solo comemos una. Porque se nos acabó todo lo demás. Pero... ¡ah! ¡Nos encanta la comida ororo!

Todos los zhuris echaron la cabeza hacia atrás como si eso les diera asco. Los cinco kriks tenían las manos levantadas. Conforme les daba la palabra, Yurinuri iba traduciendo.

—¿Gzzrree?

—¿Lo que comen está vivo?

—No.

—¿Hrrzzzrr?

—¿Es un animal?

—No.

—¿Hrzr mzzrzr?

—¿Comen ororos?

—¡No!

—¿Mrrrzzr hhrr?

—¿Se comen a otros humanos?

—¡No! Definitivamente no nos comemos a otros humanos. —Todos los kriks tenían la mano levantada y la sacudían con fuerza. Daba un poco de miedo lo interesados que estaban en el tema de comer gente. Le eché un vistazo al soldado junto a la puerta, esperando que estuviera lo bastante cerca para ayudarme si alguien intentaba comerme.

No parecía estar poniendo mucha atención. Por suerte, vi a un zhuri con la mano alzada al principio de la fila, así que le di la palabra a él en lugar de a otro krik.

—¡Hola! Dime…

—¿Por qué matan a otros humanos?

Sentí la pregunta como un golpe en el estómago.

—Yo no —dije—, yo nunca he matado a nadie.

—Pero todos los humanos matan —dijo el zhuri.

—No, no es cierto.

El olor a leche agria se estaba acentuando de nuevo.

—Sí, claro que sí. Lo he visto en la televisión.

Sentí que empezaba a temblar.

—No —repetí—. Casi todos los humanos son pacíficos.

Intenté sonreír, pero mi cara no quería cooperar.

Otra mano se levantó.

—¿Cómo pueden ser pacíficos si destruyeron todo su planeta?

—Yo no... ¡No fuimos nosotros! Solo fueron unas cuantas personas malas. —Sentía cómo se me estaba formando un nudo en la garganta. Tenía siglos sin llorar por la Tierra, y de verdad no quería empezar a hacerlo de nuevo en ese momento.

—¿Por qué permitieron que lo hicieran?

—Nosotros no... Ellos... Es solo que tenían armas muy poderosas y...

Me detuve a media oración y tomé aire, intentando contener las lágrimas.

Casi la mitad del salón tenía la mano levantada y todos apestaban a miedo.

No solo a miedo. También podía oler la ira.

—¡Niños! —zumbó Yurinuri—. ¡Limpien el aire! Todos estamos de acuerdo en que no se acepta el olor en esta clase.

Pero el olor se quedó y las preguntas siguieron llegando.

—¿Trajeron sus armas explosivas a nuestro planeta?

—¡No! ¡No tenemos armas! ¡Somos pacíficos!

—Cuando vivías en la Tierra, ¿a cuántos humanos mataste?

Comencé a llorar. No quería, de verdad no quería. Pero no lo pude evitar.

—¡Nunca maté a nadie! —Usé el dorso de mi mano para limpiarme las lágrimas de las mejillas—. Nunca he lastimado a nadie. ¡Soy una persona pacífica! ¡Los humanos somos pacíficos!

—¡Niños! ¡Limpien el aire! ¡Por favor! —les ordenó Yurinuri con tono de regaño. Volteé a verlo, suplicándole con la mirada que me ayudara.

—Pareces ser un humano pacífico —dijo—. Cuando los otros humanos intentaron matarte, ¿cómo te defendiste?

—Nadie... Ellos no... Los que quedan son... —De pronto, mi mente me trajo la imagen de la revuelta por la comida en Marte, cuando la multitud iracunda fue hasta nuestro compartimiento e intentó derribar la puerta.

Eso desató el mar de llanto y comencé a sollozar.

«¡Deja de llorar! ¡Contrólate! ¡Sé agradable!». Pero no podía evitarlo. Estaba fuera de control.

—Quizá lo mejor es que vayas a sentarte —dijo Yurinuri.

Volví a mi asiento con pasos torpes y los mocos escurriéndome por la nariz. El llanto aún me contraía el rostro y tuve que limpiarme la

nariz con la orilla de mi camiseta, porque no
tenía nada más. Mientras Yurinuri retomaba la
clase que estaba impartiendo cuando entré, escuché que dos chicos susurraban entre ellos a
mi izquierda.

—Mira el líquido en su cara.

—¿Así sacan su basura corporal?

9
DESASTRE EN EL COMEDOR

CUANDO AL FIN LOGRÉ dejar de llorar, todos me ignoraron por el resto de la clase de tres horas. Me esforcé cuanto pude en poner atención, pero no entendí nada. La clase era sobre algo llamado *fum,* lo que, sospechaba, era una especie de matemáticas, pero mi traductor no tenía idea de su significado. El maestro repitió las palabras como cincuenta veces y, en cada una, el traductor solo soltaba el desesperanzador pitido del mensaje de «palabra desconocida».

Al terminar la clase, todos los chicos salieron a lo que supuse que era la hora del almuerzo. Mientras los seguía, el maestro se me acercó.

—¿Qué tal estuvo la clase, Lan Mifune?

—¡Bien! ¡Gracias, señor!

—¿La entendiste?

—La verdad, no —reconocí—. Pero le aseguro que ya iré entendiendo más con el tiempo, señor.

—Si tienes preguntas, puedes hacérmelas.

—¡Gracias, señor! ¡Lo haré! —Para entonces el salón ya estaba vacío, salvo por mi soldado y Hooree. Ambos me esperaban en la puerta.

—Lamento que te hayas sentido incómodo durante las preguntas —dijo Yurinuri—. En el futuro, intentaré que no se repita.

—Gracias, señor. Se lo agradezco mucho.

—Todos estamos de acuerdo en que los humanos son violentos —agregó Yurinuri, y se me hizo un nudo en el estómago. Pero luego bajó la voz y continuó—: Aunque algunos creen que pueden evolucionar y ser pacíficos.

Me pareció que intentaba que Hooree y el soldado no lo escucharan. Le respondí con la voz más baja que pude.

—Yo no soy una persona violenta, señor. Nunca lo he sido. Todos los humanos que conozco solo quieren vivir en paz.

«Hagas lo que hagas, no pienses en la revuelta de la comida». No quería echarme a llorar otra vez.

Yurinuri bajó la voz aún más.

—Como dije, varios creen que es posible. Algunos incluso piensan que los humanos tienen cosas positivas que ofrecerle a nuestra sociedad. Me pregunto si… ¿te gustaría explicarle más sobre los humanos a la clase? Quizá podrías hacer una presentación que nos ayude a entender mejor a tu especie.

Asentí.

—¡Sí, señor! Claro que puedo hacerlo.

—¡Muy bien! Estaré encantado de ayudarte. Si tienes preguntas, puedes hacérmelas cuando no estemos en clase. —Luego volvió a hablar en un volumen normal—. Ahora, ¡debes irte a tu nutrición de mediodía! Lamento haberlos retrasado a ti y a tu guía.

—¡Gracias, señor!

CUANDO SALIMOS del salón, el largo pasillo estaba casi vacío. Podía escuchar el zumbido de cientos de voces zhuris que venían desde el otro lado. Hooree me guio hacia el sonido mientras el soldado avanzaba detrás de nosotros.

—Apresúrate, por favor —dijo Hooree—. Voy a llegar tarde a mi nutrición.

Mientras trotaba por el pasillo, intenté comprender lo que acababa de pasar con mi maestro. De verdad parecía que quería ayudarme. Pero sin duda no quería que Hooree y el soldado lo escucharan.

¿Y qué clase de presentación quería que hiciera? ¿Un discurso? ¿Un video? ¿Sobre qué, exactamente? No tenía ni idea.

Doblamos en la esquina al final del pasillo y entramos a un salón enorme, con un tragaluz en lo más alto. Había mucho ruido por los miles de chicos zhuris. La mitad de ellos estaba arriba, hablando y revoloteando. Cuando entré, los que se encontraban más cerca de la puerta voltearon a verme.

Un segundo después me llegó el olor a miedo.

Miré a mi alrededor, intentando ignorar las miradas y el hedor. A la derecha había una especie de abrevadero enorme con una docena de grifos. Los zhuris estaban en filas en cada grifo, esperando llenar unos vasos largos con ese asqueroso líquido que era su comida. Los que ya tenían su almuerzo se lo tomaban con sus bocas largas y delgadas como agujas.

Al otro lado estaba un grupo de unos cien kriks, todos juntos. Cerca de la orilla del grupo de kriks había una ororo solitaria. Era tan enorme y regordeta que, desde donde me encontraba, no pude saber si estaba sentada o parada.

Hooree señaló hacia la pared izquierda.

—Tu hermana está allá —dijo.

Hubiera podido encontrar a Ila tan solo con seguir el olor a miedo. Permanecía sentada en la esquina, rodeada de una docena de asientos vacíos, acompañada solo por Iruu y su soldado armado.

Tenía el rostro pálido y parecía triste. Cuando me vio, se echó a llorar.

—Oye, oye, oye. —Fui rápidamente a un asiento vacío junto a ella y la abracé de costado. Ella siguió llorando sobre mi hombro.

—Está bien. En serio. No llores. Está bien. —Sentía que ya había habido suficientes lágrimas ese día.

—No está bien —dijo entre sollozos—. Nos odian.

—¿Quiere comer? —preguntó Iruu—. He intentado ayudarla, pero no está dispuesta a usar el traductor. Y se la ha pasado sacando basura corporal por los ojos.

—Esto no es apropiado —chilló Hooree—. No debería estar sacando su basura corporal en nuestro comedor.

—No es basura corporal —le aclaré—. Son lágrimas. Así es como los humanos mostramos nuestra tristeza.

—A mí me parece basura corporal. Es asqueroso.

«¿Por qué me pusieron como guía a un cretino?». Casi tuve que morderme la lengua para no contestarle mal a Hooree.

Iruu era mucho más amable.

—¿Quiere comer? —preguntó de nuevo.

—¿Dónde está tu almuerzo? —le pregunté a Ila. Antes de salir a la escuela echamos casi todas las sobras de comida ororo que teníamos en unos viejos contenedores de chow.

—En la mochila. —La mochila estaba a sus pies. Encontré su almuerzo dentro, junto con su pantalla y su audífono. Le pasé la comida.

—Come un poco. Recuerda que es delicioso. Te vas a sentir mejor.

—Tengo que ir por mi nutrición —anunció Hooree—. Si no, no tendré tiempo de comer.

Se fue volando. Iruu se frotó las alas con un gesto conflictuado, o al menos eso me pareció.

Era difícil para mí descifrar lo que estaban sintiendo los zhuris.

—Tú también deberías ir, si necesitas comer —le dije a Iruu—. Estaremos bien.

—No te preocupes, humano Ila —le dijo a mi hermana—. Aquí nadie creará conflictos en tu cara. Somos pacíficos.

Ila no dijo nada, pero logró asentir con la cabeza.

—Gracias, Iruu —dije—. De verdad eres muy amable.

—De nada, humano Lan. Volveré en cuanto consiga mi nutrición. —Se fue volando tras Hooree y nos dejó a solas con nuestros guardias. Luego logré que Ila comenzara a comer.

—Tenemos que irnos —me dijo ella con mucha tristeza—. Esto no va a funcionar.

—Apenas es el primer día.

—¿Qué no hueles lo mucho que nos odian?

—Eso es miedo. Cuando nos conozcan...

—No, Lan... Es ira. —Tenía razón, más o menos. Debajo del olor a leche agria había un ligero pero evidente aroma a gasolina.

—No es tanta ira. Y también se les va a pasar. Solo tienen que conocernos. Mi maestro es bastante agradable.

—El mío no.

Su negatividad me frustraba tanto que tuve que apretar los dientes.

—Tenemos que intentarlo, Ila. —Me estiré para

sacar su pantalla y audífono de la bolsa—. Toma. ¿Por qué no enciendes tu traductor y....?

—Mrrrruummmmrrrrmmm.

Yo seguía buscando en la mochila de Ila cuando de pronto la luz bajó, como si algo enorme se hubiera interpuesto entre nosotros y la luz del sol.

Levanté la vista y me encontré con una pared de piel blanca azulada y aterciopelada que seguía ondeando por el movimiento, como un estanque después de que le lanzas una roca.

Escuché que Ila ahogaba un grito mientras observaba los oscuros y húmedos ojos de la única ororo en el lugar. A lo lejos, esos ojos parecían adormilados. Pero viéndolos más de cerca, su expresión era salvaje.

—Mmmrrruuuummmm —repitió, con una voz tan grave que pude sentir cómo retumbaba por el suelo. Mi traductor solo lanzó su advertencia de «idioma desconocido».

Illa sollozó.

—Hola —le dije a la ororo, intentando mantener la calma—. Lo siento, pero mi traductor no te entiende.

—Mrrrmmmm. —Elevó sus brazos gruesos como troncos y extendió una mano carnosa hacia mí.

¿Quería estrechar mi mano? ¿Eso era algo que hacían los ororos? O, si intentaba tomarla, ¿pensaría que la estaba atacando e intentaría defenderse?

—Me llamo Lan —dije, porque no sabía qué más hacer. Tuve la esperanza de que pudiera entender la traducción zhuri que salía de mi micrófono.

—¡Mrrrmmm! —Sacudió su mano abierta, haciendo que las ondulaciones del movimiento recorrieran todo su cuerpo.

—¡Grzzzrrkk! —El súbito sonido me hizo saltar de miedo. Junto a la ororo apareció un krik con sus dientes afilados, prácticamente bajo el brazo de la otra.

¿El krik había estado ahí todo el tiempo?

—¡Gzzzrrk! —El krik me gruñía a través de su doble fila de dientes.

—Hola —dije con voz temblorosa—. Me llamo Lan.

—¡Zzzrkk! —El krik señaló la pantalla de Ila que yo tenía en la mano. Entonces entendí que por eso la ororo tenía la mano extendida.

Levanté la pantalla para mostrársela a la ororo, sosteniéndola con firmeza.

—Esto es para comunicarnos. Es un traductor, para que podamos hablar en zhuri. Y también entenderlo. ¿Ustedes pueden entender lo que digo?

—Mrrrrmmm. —La ororo sacudió su enorme mano de nuevo.

—¡Gzzrrk! —El krik señaló la pantalla y luego la mano de la ororo.

—Este es de mi hermana —dije—. ¡Y ella es mi hermana! Se llama Ila.

—Hola —dijo Ila con un susurro aterrado.

—Mrrrmmmm. —La ororo puso una mano en la pantalla, tocándome también a mí. Su mano era tibia, esponjosa y tan enorme que no solo cubría toda la pantalla, sino también mis manos enteras.

Cuando el enorme malvavisco apretó el puño, el corazón casi se me sale del pecho.

Busqué a los guardias con la mirada. Estaban sentados a unos metros, tomando su almuerzo despreocupados y sin señales de que planearan involucrarse en esto.

—¡Ayúdenos, por favor! —les gritó Ila. No tenía el traductor encendido, pero era obvio qué estaba diciendo.

Los soldados siguieron comiendo con las armas sobre su regazo.

—¿Pueden hablar con ellos por nosotros? —les rogué a los soldados, que solo me miraron.

—Traducir no es nuestro trabajo —dijo al fin uno de ellos.

No contábamos con nadie y la ororo me apretaba cada vez con más fuerza.

—Lo siento —le dije—, pero no puedo...

—¡Yeeeehheeee!

—¡Aléjense de los humanos!

Era Hooree, que había vuelto del abrevadero con su almuerzo. Al escuchar el grito, la ororo relajó su mano lo suficiente como para que yo pudiera recuperar la pantalla de Ila. La abracé contra mi pecho mientras los tres, Hooree, la ororo y su pequeño amigo krik, tenían una discusión breve pero escandalosa.

—¡Déjenlos en paz! ¡Ustedes no son bienvenidos aquí!

—Mrrmmmrr.

—¡Gzzzrrkk!

—¡No! ¡Yo soy su guía! ¡Aléjate de mí, criminal!

—Mrrrmm.

—¡Zzrkzzrrk!

La ororo cedió, se dio la vuelta y se alejó tambaleándose. El krik soltó un último gruñido y siguió a su compañera justo cuando Iruu venía de regreso.

—¿Qué pasó? —preguntó.

—Marf, la criminal, intentó robarse la pantalla traductora del humano —explicó Hooree.

Vi cómo la ororo volvía a la sección de los kriks en la cafetería. Aunque era enorme, logró cruzar el lugar tan rápido que su pequeño compañero verde tuvo que correr con todas sus fuerzas para alcanzarla.

—¿La ororo es una criminal? —pregunté.

—Es una criminal terrible —dijo Hooree—. Todos estamos de acuerdo en que debería ser expulsada de nuestra escuela. Pero es demasiado inteligente y los especialistas en educación no han podido atraparla.

—¿El krik también es un criminal?

—Probablemente —respondió Iruu—. Si no, no serían amigos.

—¿Por qué no? —pregunté.

—Porque un ororo no se juntaría con un krik. El krik querría comérselo.

Recordé todas las preguntas sobre comida que hicieron los kriks en mi clase.

—¿Los kriks comen humanos?

—Quizá —dijo Iruu.

—Si se retorcieran mucho mientras se los comen, sin duda les gustaría —agregó Hooree.

Ila me tomó de las manos.

—No podemos quedarnos en este planeta —susurró.

Apreté sus manos.

—No te preocupes —le dije—. Vamos a estar bien.

Pero, la verdad, no lo creía.

10

LA INVASIÓN DE LOS LADRONES DE PANTALLAS

DE ALGÚN MODO logré pasar el resto del día sin que me comieran, atacaran o molestaran tanto que terminara llorando. Cuando se acabaron las clases, Hooree y yo nos encontramos con Iruu e Ila en el vestíbulo, y nos llevaron con nuestros guardias a una nave que estaba en la entrada. Aún quedaban unos cincuenta manifestantes zhuris al otro lado del cerco, quienes siguieron repitiendo «¡váyanse a casa, humanos!» hasta que los perdimos de vista.

Ila y yo apagamos nuestros traductores. Los dos guardias seguían a nuestro lado, pero ya no nos interesaba intentar comunicarnos con ellos.

—Para ser el primer día, pudo estar mucho peor —comenté.

Mi hermana no dijo nada. Solo se acostó en una de las bancas largas en un lado de la nave, se acurrucó y cerró los ojos.

Yo revisé mi pantalla. Había un mensaje de Naya:

. . .

¿Cómo va todo? ¿Estás siendo un buen
perrito? ¡Mándame un video!

Mamá nos había advertido que, como la gente
de la nave estaba desesperada y asustada, solo
deberíamos mandar mensajes esperanzadores.
Escribí una respuesta breve:

¡Es genial! Acaba de terminar el primer
día de clases ¡y nadie me ha comido!
Te mando video pronto.

Era lo más esperanzador que podía decir.
Luego les mandé un mensaje a mamá y papá.

Terminaron las clases. Vamos a casa.
¿Cómo están?

Ninguno de los dos respondió, así que solo
me asomé por la ventana e intenté pensar en
un buen video que pudiera grabarle a Naya.
Los dos que le había enviado hasta ese momento eran bobos y sin gracia —«¡Mira este hermoso pasto rojo y el cielo verde! ¡El aire huele
muy bien! ¡Invitamos a cenar a unos oficiales
del gobierno! ¡Guau, guau!»—, tanto que temí
que, si no le mandaba algo gracioso, pensaría que estaba mintiendo o que me habían lavado
el cerebro.

El problema era que no se me ocurría cómo provocar gracia y dar esperanza al mismo tiempo.

Aún estaba pensando en eso cuando vi a los manifestantes. Había docenas afuera del cerco a orillas de nuestra zona habitacional. En cuanto pasó nuestra nave por encima de ellos, se lanzaron al aire con su ya conocido «¡váyanse a casa, humanos!». El sonido que hizo el cerco al cruzarlo despertó a Ila, que soltó un lamento al oír la consigna.

Aún podíamos escucharlos a la distancia desde adentro de la casa y con la puerta cerrada. Ila se fue a su habitación.

—Me voy a acostar.

—¡Aún es de día! ¿Quieres jugar algo? ¿O ver *Los Birdley*?

En vez de responderme, azotó la puerta. Para cuando la alcancé en su cuarto, ya estaba en la cama.

—Por favor, Ila. No te vayas a tu lugar oscuro.

—¡Déjame en paz!

Me rendí y la dejé en su miseria, cerrando la puerta de su cuarto al salir. Luego fui a la cocina a buscar comida ororo, pero ya solo quedaba chow. De seguro mis papás se habían llevado las sobras para su almuerzo.

Les mandé otro mensaje y luego me fui a acostar en el sofá tamaño ororo. Después de nuestras camas, el sofá era el mejor mueble de la casa. No estaba tan bajo como las camas, así que casi tenías que escalarlo para subirte. Cuando lo hacías, los enormes cojines te devoraban y comenzaban a masajearte con suavidad. Era como estar flotando en un estanque tibio lleno de peces muy amigables y un poco manolarga.

Estaba quedándome dormido cuando escuché el crujido de una nave cruzando el cerco. Me levanté y me asomé por la ventana, esperando ver a mamá y papá de regreso en sus naves beige.

Pero la nave que aterrizó era por completo distinta: de un material plateado brillante, con forma de daga y unas extrañas alas que me recordaron los alerones de los carros antiguos de la Tierra. Parecía más rápida y mucho más cara que las naves normales.

Tan pronto se detuvo frente a nuestra casa, la puerta se abrió dramáticamente y de ahí salieron una ororo y un krik. Ahogué un grito al verlos. Se veían idénticos al par que intentó robarse la pantalla de Ila en el almuerzo.

Por un segundo consideré fingir que no había nadie en casa. Pero, como Hooree había dicho que eran criminales, pensé que lo mejor sería recibirlos en la puerta, donde había dos guardias armados. Dudaba que los guardias fueran a ayudarme, pero tenía la esperanza de que al menos su presencia hiciera que los criminales se lo pensaran dos veces.

Mientras los visitantes se acercaban, abrí la puerta y me detuve en el umbral, intentando que no se me notara cuánto miedo tenía.

—Mrrrrmmmmrrrmm.

—¡Gzzzzrrrk!

—Disculpen —les dije a los guardias—, ¿podrían informarme qué están diciendo?

—Dicen que vinieron a arreglar tu traductor —explicó uno de ellos.

—¿Alguien les pidió que arreglaran mi traductor?

—Seguro recibieron permiso del gobierno —me aclaró el segundo—. Si no, su nave se habría estrellado al cruzar el cerco.

—¿Podría preguntarles quién los envió?

—Traducir no es nuestro trabajo —dijo el primer guardia.

—Mrrrmmmm. —La ororo se abalanzó hacia donde yo estaba y tuve que hacerme a un lado para dejarla entrar, porque, si no, me habría aplastado.

El krik entró detrás de ella y cerró la puerta. Para ese momento, los guardias ya no podrían escucharme a menos que gritara y, aun así, dudo que me hubieran ayudado.

—Mrrmmmm. —La ororo extendió su enorme mano como había hecho en la cafetería, indicándome que le diera mi pantalla.

—La necesito para comunicarme —le dije—. Es muy importante. Si no la tengo, no podré entender a los zhuris.

—Mrrrmmmm.

—¡Gzzzrk!

130

—En la nave humana hay ingenieros —continué—. Están arreglando el traductor para que podamos entenderlos. Dicen que en un par de semanas estará listo. ¿Qué les parecería volver entonces?

La ororo puso su manota sobre la mía. Esta vez no iba a aceptar un no como respuesta. Y, entre su tamaño colosal y los dientes afilados del krik, no me pareció que tuviera caso oponerme.

Me rendí y le entregué la pantalla.

—Por favor, trátala con cuidado —le rogué mientras le daba vueltas entre sus manos, analizándola con sus ojos oscuros y acuosos.

El krik estiró el cuello debajo del brazo gigante de la ororo para ver la pantalla. Tenía la boca un poco abierta y alcancé a ver el brillo de sus colmillos bañados de saliva.

—Mrrmmm. —La ororo fue al comedor y colocó ahí mi pantalla. Ila había dejado la suya sobre la mesa y, cuando la vi, temí que la ororo también la tomara.

Pero lo que hizo fue moverla a un lado. Luego se sentó en una de las sillas anchas y bajas.

El krik se subió de un salto a la de al lado. Llevaba un pequeño morral y, cuando lo abrió, alcancé a ver toda clase de artefactos tecnológicos que se veían muy complejos.

Sacó dos herramientas delgadísimas que parecían manos robóticas y se las pasó a la ororo, quien volteó mi pantalla y, con movimientos tan rápidos que se volvían borrones, usó las herramientas para quitar la parte trasera de la pantalla. Unas extensiones largas y delgadas como agujas salieron de las puntas de los dedos mecánicos y la ororo las metió en el mecanismo de la pantalla.

—¡Por favor, no hagas eso! —Le pedí casi a gritos mientras escuchaba un súbito crujido de estática en mi audífono.

La ororo me ignoró y siguió hurgando en las entrañas de la pantalla con las agujas de ambas manos robóticas. La estática en mi oído era tan fuerte que tuve que sacarme el audífono. Me pregunté si debía ir de nuevo con los guardias y pedirles que llamaran a la policía. Pero sospechaba que, en efecto, los guardias eran la policía y, de ser así, claramente no les interesaba ponerse de mi lado.

Consideré hablarle a Ila, pero el hecho de que no hubiera salido hasta ese momento me hizo suponer que estaba dormida o escondida. De cualquier modo, no sería de gran ayuda.

Tras un rato de hurgar, la ororo volteó el aparato para que quedara frente a ella y por toda la pantalla aparecieron números y letras de código humano corriendo en cascada. Los observó atenta mientras seguía moviendo algo en la parte trasera con las agujas.

Yo intentaba recordar dónde habían guardado mis papás las pantallas de repuesto que trajimos cuando escuché unas voces ahogadas que venían del audífono en mi mano. Me lo volví a poner en la oreja.

—*Esta es mi voz...*

—ESTA ES MI VOZ...

—*Ezzzta ezzz mi vozzz...*

—**Eta eth mi voth...**

Al parecer, la ororo estaba probando las distintas voces en mi traductor. Encendió la bocina exterior de la pantalla y revisó varias, mascullando de vez en vez algunas preguntas hacia el krik, quien respondía con sus ya conocidos gruñidos.

Y, de pronto...

—Gzzzrkkk.

—¡Sí! Quiero esa. —En mi audífono escuché la voz de un comediante viejo y cascarrabias.

—Mrrmmmm.

—De acuerdo. Y esta será la mía. —Era la voz ronca y sensual de una actriz famosa.

La ororo colocó la tapa trasera de mi pantalla en su lugar, le entregó las herramientas al krik y me devolvió la pantalla.

—Aquí tienes —dijo a través del traductor—. Ahora sí funciona. Te dije que no había nada que temer. Aunque claro que no podías entender lo que te estaba diciendo. Me llamo Marf. Y él es Ezger.

—Hola —respondí—. Yo me llamo Lan. —Intenté que no se notara toda la confusión que sentía. La ororo entró a mi casa sin pedir permiso y prácticamente me robó. Pero sonaba amigable… o al menos la voz que eligió sonaba así.

—¿Qué tienen de comer? —preguntó Ezger y de un salto se bajó de la silla para ir a la cocina.

—Solo cosas humanas —le dije—. No son muy buenas.

De otro salto se subió a la encimera de la cocina y se puso a hurgar en los cajones de arriba.

—¡No hagas eso, por favor!

Me ignoró. No quería pelearme con alguien que parecía capaz de tragarse mi cabeza entera, así que volví a dirigirme a Marf, la ororo.

—¿Cómo arreglaste tan rápido el traductor? —le pregunté—. Los ingenieros humanos en nuestra nave dijeron que tomaría semanas.

—¿Entiendes las matemáticas?

—Más o menos.

Las comisuras de la boca de Marf se alzaron en lo que me pareció una sonrisa.

—El ororo promedio es siete mil veces más inteligente que el humano promedio. ¿Eso responde tu pregunta?

—Bastante.

Se escuchó un escándalo en la cocina. Ezger había tirado un cajón por accidente.

—La comida está en el tercer cajón de la derecha —le dije—. Sí, ese. —Sacó un contenedor de chow.

—Perdón por los modales de Ezger —comentó Marf—. Es bastante cortés para ser un krik, aunque eso no es mucho decir.

—¿Quién les pidió que vinieran? —le pregunté.

—Nadie —dijo Marf—. Fue una mentira que les dije a los guardias para que no supieran que violé la seguridad del cerco. Pero no temas, no están en peligro con los manifestantes. Nada más los ororos tenemos la inteligencia suficiente para cruzar el cerco de manera ilegal y ninguno se molestaría en venir además de mí.

Tenía tantas preguntas que casi ni sabía por dónde comenzar.

—Y... ¿por qué vinieron? ¿Solo por la comida?

Ezger olfateó el chow e hizo un gesto.

—Eso hubiera sido un gran error —gruñó—. ¡Esta comida se ve terrible!

—Hemos venido para que se conviertan a nuestra religión —me dijo Marf.

—¿En serio?

—¡Claro que sí! —La boca de Marf se curvó aún más y ahora sí tuve la certeza de que era una sonrisa—. Sus rituales son muy dolorosos. Como parte de la iniciación, Ezger se comerá uno de tus brazos. Pero tendrás gran crecimiento espiritual por el sufrimiento.

Sentí cómo el miedo estallaba en mi cerebro.

—Perdón —dije—, pero ya tengo una religión.

—Está bien —aclaró Marf—, era una broma. ¿Los humanos hacen bromas?

—¡Sí! ¿Ustedes también?

—Marf sí —dijo Ezger—, aunque sus bromas no dan risa.

—Solo porque no tienes sentido del humor, Ezger —le reprochó Marf. Ezger se encogió de hombros y volvió a examinar nuestro chow con expresión de asco.

—Pensé que a los habitantes de Chum no les gustaban las bromas.

Marf negó con su enorme cabeza.

—Ah, no. Al gobierno zhuri no le gustan las bromas. Pero eso es muy diferente. Dime una broma humana.

—¡Esta comida es una broma humana! —ladró Ezger, mostrándole el chow a Marf—. ¡Parece excremento!

—¡Y a eso sabe! —reconocí.

—¡Ah! —Los enormes ojos oscuros de Marf se abrieron mucho y su sonrisa creció aún más mientras ponía su mano gigante y tibia sobre mi espalda—. Eso sí que es gracioso. —Se volteó hacia Ezger, que estaba guardando el chow en el cajón sin cerrar el contenedor—. ¿Ya ves, Ezger? Qué bueno que vinimos. Te dije que el humano sería divertido.

—O sea que vinieron… ¿a divertirse?

—Eso esperaba. Chum necesita diversión urgentemente. No tienes idea de lo aburrido que es este planeta.

—Lo que es aburrido es esta cocina —gruñó Ezger, metiendo la cabeza en un gabinete vacío—. ¿No tienen comida que se mueva?

—No, disculpa.

Sacó la cabeza del mueble y la sacudió con un gesto decepcionado.

—Entonces no tiene caso que nos quedemos. ¿Ya podemos irnos, Marf?

—¡Pero si acabamos de llegar! —le reclamó Marf—. Ni siquiera le he pedido prestada una pantalla al humano. —La pantalla de Ila seguía sobre la mesa del comedor. Marf la tomó con su enorme mano—. ¿Esta es extra? ¿Me la puedo llevar?

—Perdón. Esa es de mi hermana.

—Te la devuelvo mañana en la escuela. Solo quiero analizarla.

—Ten por seguro que Marf te la devolverá —me dijo Ezger—. ¿Podrías prestársela, por favor, para que ya nos vayamos?

—Estás siendo muy grosero, Ezger —lo regañó Marf. Luego tomó la pantalla de Ila—. Entonces, ¿me la prestas?

—Perdón, en serio —repetí—, pero no puedo. Mi hermana la necesita para comunicarse.

Marf la dejó de mala gana sobre la mesa.

—Ya te dije que te la voy a devolver. ¿No confías en mí?

—¡Sí confío! —dije de inmediato—. Es solo que, eh...

La verdad era que no confiaba en ella. Y Marf sabía que le estaba mintiendo.

—Es porque el tal Hooree te dijo que soy una criminal, ¿verdad?

—¡No! —grité—. O sea... sí dijo eso, pero no le creí.

—Qué bueno, porque no es verdad.

—¡Sí es verdad! —ladró Ezger—. ¡Sin duda eres una criminal! ¡Te la pasas rompiendo las leyes!

—Solo rompo las leyes tontas —aclaró Marf—, las que no son importantes. —Se volvió hacia mí—. Ojalá me tuvieras confianza. Después de todo, yo confié en ti y vine hasta tu casa a pesar de que mi televisión dice que eres un humano violento y asesino.

—¿Eso dice?

—Sí. Pero no te lo tomes personal. De acuerdo con la televisión, todos los humanos son violentos asesinos.

«Ugh».

—¿Mucha gente ve la televisión?

—¡Claro! Todos la ven.

—¿Cómo puedo verla yo? Me gustaría saber qué dicen sobre los humanos. Aunque ni siquiera he visto una tele en este planeta.

—¿Eres tonto? —me preguntó Ezger—. Hay una ahí, en tu pared.

Fue hacia el sofá. En el suelo frente a él había un mosaico con forma hexagonal y de un color beige un tanto distinto al de todos los demás.

—Solo tienes que presionarlo tres veces. —Dio tres golpecitos en el mosaico con su pie: uno, dos, tres, y se abrió una sección del suelo frente al sofá, como una especie de puertita. Un panel de control de un metro salió de ahí mientras en la pared frente al sofá aparecía una pantalla gigante.

En ella se veía a un zhuri frente a un modelo tridimensional del planeta y señalaba la parte inferior de este.

—Por la noche se debilitarán las tormentas en el polo sur... —decía.

—Hay cuatro canales —me explicó Marf—. Este es el del clima. También hay uno de noticias, el canal para limpiar el aire y el canal krik.

—El canal krik es el mejor —comentó Ezger—. Solo pasan programas de cocina.

Marf caminó torpemente hacia el panel de control y me enseñó cómo usarlo.

—Con este botón cambias de canal; este es el del volumen; este pausa y regresa, y con este se apaga la unidad.

Observé al zhuri en la pantalla dando su reporte planetario del clima.

—Increíble. Llevamos días viviendo aquí y no tenía idea de que había una televisión en la pared.

—Supongo que querrás verla —dijo Marf—, así que te dejaremos solo.

—¡Al fin! —rugió Ezger, que ya iba hacia la puerta.

—¡No tienen que irse! —comenté—. Preferiría platicar que ver televisión.

—No te preocupes —dijo Marf, avanzando con sus pasos torpes detrás del krik—. Mañana podremos platicar más durante la nutrición de mediodía. Fue un gusto conocerte, humano Lan.

—Solo dime Lan —le pedí—. ¡Vuelvan cuando quieran, por favor!

—Si no consigues una mejor comida, claro que no volveremos —gruñó Ezger.

—¡Ah, espera! —Mientras Ezger sostenía la puerta, Marf se volvió hacia mí—. Hablando de comida —dije—, ¿sabes cómo podemos conseguir más comida ororo? Nos encanta, pero ya se nos acabó.

—Yo puedo conseguirte toda la que quieras —respondió Marf—. Por un precio. ¿Qué te parecen diez días de comida por ochocientos rhee?

—Disculpa, ¿qué son los rhee?

Ezger se burló.

—¿Qué son los rhee? Qué ridiculez. Te espero en la nave. —Y desapareció por la puerta.

—¡No toques los controles de vuelo! —le gritó Marf. Luego suspiró—. Ezger es un pésimo piloto, pero cree que es muy bueno y esa es una combinación peligrosa. ¿Dónde estábamos? Ah, sí... ¡los rhee! Los rhee son dinero.

—Ah. —Eso me quitó toda la emoción—. Disculpa. No tengo dinero.

—Disculpa también tú —dijo Marf—, porque no puedo darte comida sin un pago. Soy una ororo de negocios. Ya bastante malo fue que arreglara tu traductor gratis. ¡Disfruta la televisión! Adiós.

Y, así como así, se fue. Segundos después escuché el estruendo de su nave al cruzar el cerco y me pregunté cómo pudo burlar la seguridad.

Tenía muchas preguntas sobre ella y Ezger. Toda su visita había sido tan extraña y súbita que me había abrumado un poco.

Luego me senté en el sofá y me puse a ver la televisión.

Estaba por abrumarme muchísimo más.

11

NOTICIAS, CLIMA Y ODIO

LO PRIMERO QUE VI al cambiar el canal del clima debió ser el canal para limpiar el aire. Mostraba la pantalla en beige con un constante yeeeehheeee como ruido de fondo, el cual supuse que era relajante para los zhuris.

Lo siguiente fue el canal krik. Era una toma cerrada de vegetales yeero retorciéndose. La mano de un krik que no salía a cuadro estaba cortándola con un cuchillo mientras daba las instrucciones entre gruñidos.

—Vamos a cortar contra la veta aquí y luego le echaremos especias para una gran explosión de sabor. ¡Kablam! Pero no lo cocinen demasiado, porque dejaría de retorcerse...

Por fin llegué al canal de noticias. Al principio estaban transmitiendo el video de una enorme nave que orbitaba una especie de planeta de gas gigante mientras el presentador explicaba la situación.

—Dados los constantes problemas atmosféricos en Zemrock Seis, las operaciones para obtener el gas *yeeneeree* han sido suspendidas por noveno día consecutivo. Esta interrupción provocó el incremento de casi cuarenta por ciento en los precios de las materias primas de *yeeneeree*...

Después siguió un reportaje sobre una fábrica de naves que duró siglos y básicamente era imposible de entender. Estaba por cambiar de canal para volver al programa de cocina de los kriks cuando terminó el segmento y empezaron a hablar de nosotros.

Comenzó con un clip de Ila y de mí llegando a la escuela esa misma mañana.

—Por los acuerdos realizados muchos años atrás, los cuatro animales humanos entraron a la escuela y a los lugares de trabajo hoy por primera vez...

—¡Ila! —grité tan fuerte que logré despertar a mi hermana—. ¡Ven a ver esto!

Nos vi saludando a Hooree, Iruu y al director en la puerta principal de la escuela, con los guardias parados detrás de nosotros. El clip no tenía sonido, así que no podías saber que había manifestantes gritando sus consignas a unos cuantos metros de ahí.

—Los dos humanos menores entraron a la Academia Interespecie Iseeyii. Aunque no se reportaron actos de violencia, todos estamos de acuerdo en que es imposible educar a los humanos.

La imagen cambió a una entrevista con un estudiante zhuri. Al principio no lo reconocí, pero luego escuché la vocecita de anciana en mi traductor y me di cuenta de que era Hooree.

—La especie humana es muy primitiva —le dijo al reportero—. El especialista en educación les explica los conceptos, pero no entienden nada.

—¡¿Qué?! —Por más que Hooree se había portado como un cretino, no podía creer que me estuviera insultando en televisión.

Ila apareció en la puerta de su habitación con los ojos entrecerrados y un gesto molesto, como si la acabara de despertar.

—¿Vino alguien? ¿Y por qué estás gritando? —En ese momento vio la televisión—. ¡Ay, no! ¿De dónde salió eso?

—¡Shhh! ¡Mira!

El video pasó a una toma de mamá entrando a un edificio enorme, seguida de dos guardias armados.

—Dada su baja capacidad mental, a los humanos adultos se les asignaron trabajos en los sectores de manejo de desechos y mortuorio. Esta tarde, las fuerzas de seguridad recibieron un llamado para acudir al Área de Desechos Siete Seis Siete, donde uno de los humanos atacó a un supervisor zhuri.

La imagen cambió a una especie de área industrial. Contra un fondo de máquinas del tamaño de edificios, media docena de zhuris armados arrastraba a papá mientras un grupo de kriks los observaba.

Papá llevaba las manos metidas en una especie de esposas del tamaño de unos tostadores y tenía todo el costado izquierdo de la cara rojo e hinchado.

Ila y yo gritamos al verlo lastimado.

—¡Aaaayyyy!

—¡Ayno! ¡Ayno!

El video pasó de la imagen de papá a un terreno devastado por un incendio y rodeado de alambre de púas. Parecía un campo de batalla en una vieja película de la Tierra sobre la Primera Guerra Mundial.

—Todos estamos de acuerdo en que la violencia era de esperarse... —dijo el presentador.

—¡¿Qué le pasó a papá?!

—¡No sé!

En la pantalla aparecieron unos hombres armados desde unas trincheras para dispararse entre ellos, entonces me di cuenta de que sí era una vieja película de la Tierra sobre la Primera Guerra Mundial.

—Los humanos son una especie agresiva y temperamental, cuya violencia es tan extrema que destruyeron su planeta de origen...

—Ayno... —susurró Ila horrorizada mientras las imágenes de la Primera Guerra daban paso a una guerra más moderna, con aviones de combate bombardeando una aldea en la selva... un pelotón de soldados baleando a civiles sin armas... una bomba atómica explotando sobre una ciudad...

—Como se ve en estas imágenes del planeta humano en ruinas, ellos no son capaces de vivir entre la gente civilizada de Chum. Aunque todos estamos de acuerdo en que el Gobierno Unificado hizo bien al cumplir su promesa de ofrecerle refugio a una unidad reproductiva humana a manera de prueba...

Dos luchadores de artes marciales en un ring golpeándose mutuamente sin piedad... Un hombre con disfraz de payaso apuñalando a una mujer con un cuchillo de cocina...

—¡Eso es una película de terror! —grité—. ¡Ni siquiera es real!

—¡Shhh!

—... además, todos estamos de acuerdo en que el experimento para la inserción humana va a fracasar, y los cientos de humanos que en este momento están orbitando sobre Chum no tendrán permitido aterrizar y amenazar más nuestra paz. Manténganse sintonizados para conocer más actualizaciones sobre la amenaza humana.

La historia terminó y el video cambió a docenas de zhuris revoloteando en el aire y chillando mientras se pasaban un disco de *suswut* de un lado a otro.

—En la semifinal regional de *suswut* de anoche, el equipo Ocho Cuatro derrotó al equipo

Ocho Uno con un marcador de tres mil seiscientos doce a...

—¿Qué le hicieron a papá? —Puse la tele en pausa y regresé el video para buscar las imágenes de papá herido.

—¿Ya le escribiste? —Ila fue a la mesa del comedor para tomar su pantalla.

—Dos veces. A él y a mamá. No me han contestado nada. —Encontré el segmento de papá arrastrado por los guardias y lo reproduje de nuevo. Esta vez, las heridas en su cara se veían incluso peor. Sentí ganas de vomitar.

—¿Dónde está mi pantalla? —dijo Ila detrás de mí.

—Está en la mesa.

—No, no está.

—Está ahí... —Me di la vuelta para señalarle el lugar donde Marf había dejado su pantalla.

Pero ya no estaba.

—Ay, no...

—¿Qué?

—Marf se la robó.

—¡¿Qué?!

Pasamos la siguiente media hora discutiendo, mirando una y otra vez las horribles noticias en Zhuri TV y mandándoles cientos de mensajes a nuestros padres, cada vez con más miedo, hasta que al fin recibimos una respuesta de mamá.

• • •

Su papá está bien perdón que no pudimos responder antes llegamos a casa pronto los quiero mamá

Llegaron veinte minutos después. Leeni iba con ellos. Papá tenía la cara vendada, así como la parte superior de su costado izquierdo. Incluso con las vendas, se veía mucho peor que en la televisión.

—Emtá biem —balbuceó con la boca hinchada—. Nom mem duelem tamtom.

Era obvio que mentía.

—El efecto del veneno pasará con el tiempo —dijo Leeni—. Con suerte, para mañana ya estarás recuperado.

—¿Qué pasó?

—A tu papá lo pusieron con un equipo de kriks que se encargan de la basura —explicó mamá—, Y al supervisor zhuri no le gustan mucho los humanos.

—Van a cambiar al supervisor —nos aclaró Leeni—. Esto no volverá a pasar.

—En la tele parecía que habían arrestado a papá —dije.

Mamá asintió.

—Así fue. El supervisor dijo que papá intentó atacarlo, pero los kriks que lo vieron apoyaron a su padre. —Miró hacia la televisión—. ¿Puedo ver la noticia?

—No creo que sea buena idea —comentó Leeni—. La televisión solo les provocará emociones.

Mamá ignoró el consejo de Leeni. Todos nos sentamos en el sofá y vimos de nuevo la transmisión. La verdad, Leeni tenía razón: era la cuarta o quinta vez que yo lo veía y con cada repetición el reportaje me hacía enojar más y más.

—¡Esas últimas imágenes ni siquiera son de algo real! —le dije a Leeni cuando se terminó—. ¡Son de una película!

—¿Qué es una película? —me preguntó él.

—Es algo para entretenerse. Una historia inventada. Por diversión. ¡Esas imágenes de una mujer asesinada son falsas! Es una actriz... ¡no la lastimaron en la vida real!

Leeni me miró fijamente con sus enormes ojos compuestos.

—¿A los humanos les entretiene ver a otros humanos morir de formas horribles? ¿Eso es lo que los divierte?

Puesto así, tenía que admitir que sonaba bastante cuestionable.

—Leeni —dijo mamá con su voz más tranquila, esa que significaba «te suplico que nos ayudes»—, ese reportaje no cuenta la verdad completa sobre los humanos. Ni siquiera es la verdad completa de lo que pasó hoy. Kalil era inocente: el supervisor lo atacó a él. Y afuera de mi trabajo había cientos de manifestantes zhuris que gritaban cosas horribles e intentaban escupirme veneno cuando me veían pasar. ¿Por qué su televisión no muestra nada de eso?

—La División Ejecutiva considera que no es responsable mostrar desacuerdos de los zhuris en televisión —respondió Leeni—. Provoca emociones.

Al escuchar esto, Ila ya no pudo contenerse más.

—Pero qué mi...

—Ila, por favor. —Mamá se acercó para tranquilizarla.

Aunque yo no dije nada, sentía tanta molestia como mi hermana. No era que creyera que los humanos no fuéramos para nada violentos. Tenemos un lado malo; yo lo viví durante las últimas horas en la Tierra, y también después de eso, cuando se desató la revuelta por la comida. Pero no somos del todo malos, también tenemos un lado bueno. Y me enfurecía que un grupo de sujetos que nos atacaron en una turba en cuanto pusimos un pie en su planeta nos dijera primitivos y violentos para luego fingir que ellos eran los pacíficos.

Mamá también estaba enojada, pero mantuvo su voz tranquila y firme.

—Leeni, si yo viera esas imágenes y no supiera nada sobre los humanos, también sentiría miedo. ¿Puedes ver lo injusto que es? ¿Entiendes cómo la televisión está creando este miedo y odio?

Leeni se frotó las alas con gesto incómodo.

—Estoy de acuerdo en que la televisión no parece mostrar el cuadro completo sobre lo que es el humano.

—¿Cómo podemos cambiar esto? ¿Podemos ir al programa a explicarlo nosotros mismos?

—Lo siento —dijo Leeni—. La División Ejecutiva controla las noticias de la televisión.

—¿Podemos pedirle a alguien de la División Ejecutiva que nos hagan una entrevista?

—La División de Inmigración hizo esa solicitud varias veces. La respuesta siempre fue «no».

—¿No hay alguna manera para hacerlos cambiar de parecer?

—Lo siento —repitió Leeni—, la División de Inmigración ya lo ha discutido mucho con la División Ejecutiva. No cambiarán la manera en que eligieron retratar a los humanos en la televisión. Pero...

Dejó de hablar y apretó sus alas con tal fuerza una contra la otra que se alcanzaba a escuchar cómo crujían.

—Pero ¿qué? —preguntó mamá.

En vez de responder, Leeni se fue volando hacia la puerta.

—Lo siento... Debo irme. —Se dio la vuelta para dirigirse a papá—. Espero que tu herida sane pronto, Kalil. Y a todos les deseo una tarde pacífica.

Luego se fue, dejando por un momento que el chillido de «¡váyanse a casa, humanos!» que los manifestantes proferían a la distancia entrara en nuestra casa antes de cerrar la puerta.

—¿Qué piensan de ese «pero»? —nos preguntó mamá.

Ila, que estaba sentada junto a papá con la mano sobre su espalda, nada más soltó un resoplido burlón.

—¿Qué importa? ¡Mira lo que le hicieron a papá!

—Nom emstoy tam malm —balbuceó él.

—¡Claro que sí! —insistió Ila—. Escuchen lo que dice la televisión: ¡«Todos están de acuerdo» en que nos van a echar de aquí! ¡Nos odian!

Mamá negó con la cabeza.

—No todos. Mienten cuando dicen que «todos están de acuerdo». No todos. Solo tienen miedo de reconocer que están en desacuerdo. Hoy conocí a un compañero zhuri que dijo algo como —mamá impostó la voz para tomar el tono ronco que el traductor le atribuyó al zhuri—: «¡Todos estamos de acuerdo en que los humanos no pueden quedarse!», pero, cuando los otros no estaban cerca, me dijo —bajó la voz hasta que fue casi un susurro—: «Pero algunos piensan que sí podrían».

—Mi maestro es igual —dije—. Es muy amable conmigo, pero lo hace como a escondidas, me parece que no quiere que los demás lo escuchen. Y hoy me dijo lo mismo: «Algunos piensan que los humanos pueden ser pacíficos».

—La pregunta es —continuó mamá—: ¿cuántos piensan eso?

—No —dijo Ila negando con la cabeza—. La pregunta es: ¿qué importa lo que unos cuantos nos digan en susurros si hay cientos gritando «¡váyanse a casa, humanos!» cada que salimos.

—Importa —le respondió mamá con voz firme— porque tenemos que empezar en alguna parte. Podemos hacer que esto funcione. Sé que podemos.

LA SEGURIDAD DE MAMÁ fue mucho más reconfortante que la amargura de Ila. Había sido un día largo, horrible a ratos, y esa noche me tomó un largo rato conciliar el sueño. Pero, cada que uno de los malos momentos me venía a la cabeza —los gritos de las protestas, la horrible sesión de preguntas y respuestas en clase, la herida de papá, las noticias en la tele—, me obligaba a pensar de forma positiva, como mamá, y a recordar una de las cosas buenas. La bienvenida del director, el apoyo secreto de mi maestro, lo amable que fue Iruu cuando Ila estaba haciendo su numerito, la visita extraña pero mayormente agradable de Marf y Ezger... No sabía qué podía sacar de todo eso, pero debía haber algo.

Mamá tenía razón: era un comienzo. Solo tenía que pensar en lo positivo, como ella.

Pasé tanto rato en la cama sin dormirme que al rato me dieron ganas de ir al baño. Me levanté y vi que la puerta del baño estaba abierta. Escuché unos sollozos ahogados al otro lado.

Toqué la puerta con fuerza. Estaba por abrir la boca y gritar «¡Ila! ¡Vete a chillar a tu cuarto!», cuando una voz respondió a mi llamado y no era la de mi hermana.

—¡Ya casi salgo! —dijo mi mamá, con voz rasposa y apenada.

Me quedé en el pasillo sin poder decir nada durante un momento. Luego corrí a mi cama. Un instante después escuché que mi puerta se abría con suavidad.

—¿Lan…? —susurró mamá.

Fingí que dormía y ella se fue de puntillas. Sabía que había ido a darme ánimos, pero yo no quería escuchar lo que me iba a decir. Solo quería olvidar el sonido de su llanto al otro lado de la puerta.

Pero no pude.

12

EL MISTERIOSO OLOR A DONAS

A LA MAÑANA SIGUIENTE, la hinchazón por el ataque con veneno aún no se le bajaba a papá. Como no podía abrir el ojo izquierdo, no fue a trabajar y se quedó en casa.

Ila se quedó con él.

—Alguien tiene que cuidarlo —dijo, tumbada en el sofá mientras veía el programa de cocina krik.

—¿Qué tanto lo vas a cuidar si estás acostada en el sofá? —le pregunté.

—En un ratito me levanto.

Me parecía poco probable, pero no me quise pelear con ella para no hacer enojar a mis papás. Así que solo tomé un poco de chow para el almuerzo y salí con mamá a esperar nuestras naves.

—¡Haz que la ororo te devuelva mi pantalla! —me gritó Ila mientras salíamos.

—¡Lo intentaré! —Aunque teníamos dos pantallas extra, Ila estaba furiosa conmigo por haber

155

permitido que Marf se robara la suya, porque ahí tenía veinte episodios de *Los Birdley* y sus viejas presentaciones de *Cantante Pop*. Había copias de esos programas en el servidor de la biblioteca de la nave humana, pero los tiempos de descarga en Chum eran horribles y el estar separada de esas grabaciones de *Cantante Pop*, con los mejores momentos de su antigua vida, hacía que mi hermana se volviera aún más gruñona y difícil de lo normal. Sospechaba que las seguía viendo a solas, lo que era un fastidio. Andar tristeando por el pasado no nos ayudaría a ganarnos a los zhuris, y necesitábamos toda la ayuda posible.

Unas cuantas docenas de manifestantes estaban afuera del cerco al otro lado de la zona habitacional. Cuando nos vieron a mamá y a mí en el jardín, comenzaron con sus consignas de «¡váyanse a casa, humanos!».

—¿Prefieres esperar adentro? —me preguntó mamá.

—Aquí está bien —dije—. No son tantos como para que me moleste. O quizá ya me estoy acostumbrando.

Mamá me dio un breve abrazo y un besito en la mejilla.

—Gracias por ir a la escuela hoy, sé que no es fácil hacerlo sin compañía. Y, oye, lamento lo de…

—¿Cómo es tu trabajo? —dije de pronto. Por el tono de su voz, sabía que estaba por mencionar el incidente del baño y yo no quería hablar de eso.

—Mmm.... Pues... es bastante desagradable. Me pusieron a trabajar en una morgue.

—¿Es tan malo como suena?

Mamá soltó una risita desganada.

—Podría ser peor. Pero no me quejo. —Miró hacia el cielo verde—. Hay cientos de humanos allá arriba que cuentan con nosotros para salir de esa nave. Eso es lo que en realidad importa en este momento.

—Le debo un video a Naya —dije.

—Podrás hablar en tiempo real con ella cuando estén de este lado del planeta. Solo asegúrate de que todo sea positivo.

—Lo sé. Por eso no quiero hablar en tiempo real con ella.

—Oye, Lan, quiero explicarte...

—Está bien, mamá. No tenemos que hablar de eso.

—Pero sí tenemos que hablarlo. Lamento lo que pasó anoche. Estaba pasando por un momento... poco valiente. Y estoy segura de que te asustó escucharlo. Pero ¿recuerdas lo que te dije cuando nos subimos a la nave para venir acá?

—¿Abróchate el cinturón?

—Quizá también eso... Pero te dije que está bien tener miedo, que podemos tener miedo y ser valientes al mismo tiempo. Eso aplica para todos. Esta situación da miedo. Y, si no nos sintiéramos asustados, algo estaríamos haciendo mal. A veces parece que el miedo nos va a superar, incluso a mí. Pero no es así. Podemos con esto. Solo necesitamos valor. Y tener valor no significa que ignoremos nuestro miedo. Solo significa que lo superaremos. ¿De acuerdo?

—Yo no tengo miedo —dije—. «Todos estamos de acuerdo» en que yo no tengo nadita de miedo, humano mamá.

—«Algunos piensan» que sí tienes miedo —me respondió con una sonrisa traviesa—, humano Lan.

—«Todos estamos de acuerdo» en que eso no es verdad. No estoy produciendo olor a miedo. Solo tengo gases.

Mamá me abrazó con fuerza.

—Te amo, corazón.

—Yo también te amo. Y, por favor, ya no acapares el baño por las noches.

LAS NAVES LLEGARON y me despedí de mamá. Cuando subí a la mía, me encontré con dos guardias adentro.

—Buenos días, señores. —Les sonreí sin ganas. Cada vez se volvía más difícil ser siempre amigable como un perrito.

—¿Dónde está la otra humana?

—Hoy no va a ir a la escuela.

Al enterarse de que solo necesitaban hacerle guardia a un humano, pasaron el resto del viaje discutiendo sobre cuál de los dos debía tomarse el día libre. Fue muy divertido escucharlos, pues, como solo eran dos, ninguno podía usar el argumento de «todos están de acuerdo», así que la discusión parecía infinita.

IRUU Y HOOREE ya me esperaban en el vestíbulo de la escuela. Me pareció que Iruu se decepcionó al enterarse de que Ila no iba a ir. Hooree solo se veía ofendido.

—Eso es muy grosero de parte de tu hermana —dijo—. Venir a la escuela es un gran honor. Nos insulta al quedarse en casa.

—Por cierto, en cuanto a los insultos... —Me tembló un poco la voz por los nervios, pero estaba decidido a hablarle de su entrevista—. Ayer vi que me dijiste especie primitiva en televisión.

—Eso no es un insulto —me respondió—, es la verdad.

Mi corazón se aceleró.

—No creo que sea una especie primitiva. Creo que solo soy de nuevo ingreso aquí.

—Si ni siquiera puedes entender *fum,* sin duda eres de una especie primitiva.

Iruu se frotó las alas, como si tuviera mucha comezón.

—Todos están de acuerdo en que debemos llevarnos bien —chilló.

Sentí que la cara se me enrojecía. Sin importar lo malo que fuera Hooree, pelearme con uno de los únicos zhuris que estaban dispuestos a hablar conmigo quizá era una idea poco brillante.

—¡Estoy de acuerdo! —dije, forzando una sonrisa—. Perdón si te ofendí, Hooree.

Él ignoró la disculpa.

—No me hagas llegar tarde a clase —dijo. Luego se dio la vuelta y se fue volando.

—¡Que tengas buen día, Iruu! —grité mientras me iba corriendo para alcanzar al tonto de mi acompañante. El guardia que perdió la discusión en la nave me siguió por el pasillo. Y también el hedor a miedo. No era tan fuerte como el primer día, pero al parecer todos los chicos zhuris que me veían producían al menos un poco de ese olor.

Hooree se movía tan rápido que casi lo pierdo de vista entre la multitud. Apuré el paso y, cuando entró a nuestro salón, crucé la puerta corriendo a tal velocidad que casi me estrello contra él.

—¡No me toques! —gritó, tan fuerte que todo el salón volteó a vernos.

—¡Perdóname!

Retrocedí lo más rápido que pude, me tropecé con un banco vacío y terminé en el suelo tras una caída que se vio aún peor, porque agité los brazos con torpeza mientras caía.

Las voces zhuris comenzaron a rodearme.

—¿Vieron eso?

—¿Vieron cómo se cayó el humano?

Antes de que pudiera levantarme percibí un olor. Era el mismo aroma dulce, como a donas recién horneadas, que produjo Iruu cuando imité a un nug en la cena con los oficiales.

—¿Te lastimaste, humano Lan? —Yurinuri fue volando hacia mí con un gesto que debió ser de preocupación.

—¡Estoy bien! —Me puse de pie y me obligué a sonreír—. ¡Perdón si causé algún problema!

—Los accidentes nunca son un problema —dijo Yurinuri. Luego movió la cabeza de adelante hacia atrás para dirigirse a toda la clase—. Limpien el aire, muchachos. Todos estamos de acuerdo en que el olor es descortés.

Un momento después estaba en mi asiento y el olor a donas se había ido, dejándome con la pregunta de qué diablos significaba.

Me pareció que se estaban riendo de mí. ¿Era eso posible? ¿Los zhuris se reían? Hooree y Leeni dijeron que nadie debe hacer bromas. Pero Iruu dijo que a algunos les parecían bien. Y Marf me aseguró que solo al gobierno zhuri no le gustaban las bromas. ¿Quizá eso significaba que a algunos zhuris sí les gustaban?

¿Y ese olor a donas significaba que se estaban riendo?

La clase comenzó y tuve que dejar de pensar en el olor, porque me estaba concentrando demasiado en tratar de entender qué nos quería enseñar Yurinuri. Era algo sobre *urm,* que supuestamente era fácil de entender, porque era «la contraparte de *fum*».

Como yo no tenía idea de qué era *fum,* eso no me ayudó en nada.

Tras un rato, Yurinuri se puso a escribir lo que sin duda eran ecuaciones en la pantalla de la pared y les pidió a los chicos que pasaran a resolverlas usando un láser. Era entretenido verlo, porque todos los chicos se comportaban igual. Pasaban al frente bamboleándose con sus patas dobladas y sus pasos ridículos, y luego sacudían la cabeza con un pequeño temblorcito antes de ponerse a garabatear una respuesta.

Si acertaban, Yurinuri los felicitaba. Mientras volvían a sus bancos, les temblaban las alas y se elevaban unos centímetros del suelo en un gesto, según yo, de orgullo o felicidad. Pero, cuando se equivocaban, Yurinuri les daba las gracias por intentarlo y ellos se iban con la cabeza agachada mientras caminaban con sus pasos torpes de regreso a su asiento.

Al ver a los chicos zhuris sentí un extraño impulso de imitarlos. Pero no tenía la certeza de que pudieran entender el chiste. Y, si lo hacían, tampoco tenía la certeza de que les fuera a gustar. ¿Alguno se reiría? ¿O simplemente se sentirían ofendidos?

No lo sabía. Eran tantas las cosas que no sabía.

• • •

CUANDO YURINURI NOS DEJÓ salir al almuerzo, fui tras Hooree para preguntarle sobre el olor.

—Cuando me caí en el salón, la gente produjo un olor...

—No debieron producir olor. Fue muy grosero de su parte.

—Pero ¿qué fue?

—Ya te dije. ¡Fue grosero!

—Lo sé, pero ¿qué clase de emoción estaban teniendo?

—Lo único más grosero que producir olor —dijo Hooree con un zumbido más agudo de lo normal— es hablar del olor.

Mientras nos acercábamos al comedor, me invadió la angustia de qué iba a pasar cuando encontrara a Marf. La ororo se había robado la pantalla de Ila y yo tenía que recuperarla. Pero ¿y si negaba habérsela robado? ¿Y si la confrontaba y me atacaba? No parecía violenta, pero hasta su amigo Ezger dijo que era una criminal. ¿Y si se sentaba sobre mí? ¿O si le decía a Ezger que me arrancara la cabeza de una mordida?

Resultó que no tenía nada de qué preocuparme. Marf y Ezger ya me estaban esperando en la esquina donde comí mi almuerzo con Ila el día anterior. Cuando me acerqué a ellos con Hooree, Marf me entregó la pantalla de mi hermana.

—Lo siento mucho —dijo—. Salí de tu casa con esto en las manos por accidente.

—¡Eso no fue un accidente! —le gruñó Ezger—. Te la robaste.

—Cállate, Ezger. Intento ser amable.

—Me alegra haberla recuperado. ¡Gracias por traérmela! —Puse la pantalla de Ila en mi mochila, saqué mi almuerzo y me senté junto a Marf, que ocupaba cuatro asientos tamaño zhuri.

Hooree miró a Marf con sus enormes ojos compuestos.

—¿Fuiste a la casa del humano?

—Sí —le respondió Marf—. Estamos planeando un gran robo en el banco más importante de Chum.

«¿Chum tiene bancos?», me pregunté mientras Hooree echaba la cabeza hacia atrás en una reacción que, supuse, era de horror.

—¡No es cierto! —dije rápidamente—. Solo está bromeando.

—Nadie debería bromear —chilló Hooree—. Provoca olor.

—Yo no produzco olor —le dijo Marf—. Y nadie debería sentarse conmigo si no le gustan las bromas, porque soy muy bromista.

Hooree la miró con odio y luego se dirigió a mí.

—Si quieres tomar tu nutrición con criminales, lo mejor será que ellos sean tus guías y no yo.

—¡Por favor, no te enojes! —le pedí—. Solo quiero vivir en paz con todos.

—Es imposible vivir en paz con criminales —chilló—. Todos saben eso. —Luego se fue volando y dejó un olorcillo a gasolina a su paso.

«Ay, no».

—¡Espera, Hooree! —Me levanté, cerrando apresuradamente mi contenedor de chow para poder seguirlo.

—No vas a preferir su compañía que la nuestra, ¿verdad? —preguntó Marf.

—¡Tengo que hacerlo! Él es mi guía. —No lograba cerrar mi contenedor de chow con los ojos puestos en Hooree. Iba hacia los dispensadores de comida. Unos segundos más y lo perdería de vista entre la multitud de zhuris.

—Nosotros podemos ser tus guías —dijo Marf.

—No están en mi clase —aclaré. Al fin logré cerrar el contenedor de chow. Hooree estaba tan lejos que iba a tener que correr para alcanzarlo.

—Yo sí estoy en tu clase —dijo Ezger.

—¿En serio? —Me volteé a verlo, perdiendo de vista a Hooree por completo.

—Sí. Yurinuri. Seis Nada Seis. Ayer te pregunté si se comían a otros humanos.

—¡Ay, no! ¡Discúlpame! —Observé el rostro de Ezger, intentando memorizar sus facciones para no volver a cometer un error tan vergonzoso—. ¿Por qué no me saludaste hoy en la mañana?

—No quería. Y deja de verme así.

—¡Perdón! —Cada vez me sentía más avergonzado.

—Para ser un krik, Ezger es muy amigable —explicó Marf—. Pero, para la mayoría de las otras especies, no es nada amigable. Entonces, ¿sí podemos ser tus guías?

—No sé si es buena idea.

—¿Porque somos criminales?

—¡No! ¡Claro que no! —«De hecho, sí»—. Es solo que... y espero que esto no suene ofensivo...

—No te preocupes por eso. Digas lo que digas, no nos ofenderemos. Y si sí, Ezger te arrancará la cabeza de un mordisco. Pero morirás al instante y con muy poco dolor, así que tampoco tienes que preocuparte por eso.

No supe cómo responder.

—Es broma —me aclaró Marf.

—Lo sabía.

—Claro que no —dijo Ezger—. Se veía el terror en tu cara. Pero no te preocupes, nunca te mordería. —Señaló mi contenedor de chow—. Cualquiera que coma ese excremento no puede saber bien.

—¿Por qué no hablamos de algo más agradable? —sugirió Marf.

—Buena idea —dije—. Hablando de bromas... cuando algo les parece divertido a los zhuris, ¿producen un olor... como a donas?

—No sé qué es una dona —respondió Marf—. Pero, si es dulce, a lo mejor sí. A mí el olor a risa de los zhuris me parece muy agradable. Es una pena que no los dejen producirlo. —Marf bajó la voz—. Y, también hablando de bromas... Ezger y yo tenemos algunas preguntas para ti.

166

—Claro. ¡Adelante! Pregunten.

Tanto ella como Ezger voltearon a ver a mi guardia, que estaba a unos metros detrás de nosotros con el arma sobre el regazo, tomando su almuerzo.

Ezger también bajó la voz.

—Vimos los videos que estaban en la pantalla de tu hermana. Los sonidos que hacía con su boca y esa máquina con cuerdas... ¿qué eran?

—¿Se refieren a su canto? ¿Y a tocar la guitarra?

—Por favor, baja la voz —me advirtió Marf con un bramido bajo.

—Perdón.

—¿Así se llama? —preguntó Ezger—. ¿Canto? Esos ruidos eran muy agradables. Me gustaron mucho.

—Le dije a Ezger que ese ruido se llama música —dijo Marf.

—Es verdad —susurré y asentí—. ¿Y les gustó? —Me parecieron excelentes noticias.

—A mí me gustó mucho —dijo Ezger—. ¿Tú puedes hacer el ruido de música?

—No, perdón —respondí—. Yo no toco la guitarra. Y canto como un perro aullando.

—No sé qué significa eso.

—Los perros son, eh... olvídenlo. Solo significa que canto pésimo.

—A mí no me gustó la música de tu hermana —dijo Marf, con su voz resonante tan baja que temí que mi traductor no alcanzara a escucharla—.

Los oídos de los ororos no disfrutan las frecuencias tan altas. Pero te voy a decir qué sí me gusto...

—Y que yo odié —interpuso Ezger.

—... y que Ezger odió, porque tiene muy mal gusto: la historia en imágenes de la gente que vuela.

—¿*Los Birdley*?

—¡Sí! —Marf asintió, moviendo la cabeza con tanta fuerza que todo su cuerpo se sacudió—. Es muy divertido.

—¿Te gustaron *Los Birdley*? ¡Qué genial!

—Es una forma de arte fascinante. Es una serie de dibujos, ¿verdad? ¿Y están combinados a una velocidad que da la ilusión de movimiento?

—Sí, se llaman caricaturas. Algunos de los programas más graciosos en la historia de la humanidad fueron caricaturas.

—Me gustó mucho la caricatura —dijo Marf.

—Yo la odié mucho —repitió Ezger.

Marf lo ignoró.

—¿Los animales de esa caricatura vivían contigo en tu planeta?

—Más o menos —dije—. O sea, sí... pero no eran así en la vida real. Se llaman pájaros. Y los pájaros reales tienen cerebros muy pequeños. No hablan ni usan ropa, ni viven en casas... o sea que en realidad el programa se trata de humanos. Todos en *Los Birdley* parecen pájaros, pero actúan como humanos. ¿Eso tiene sentido?

—Para nada —dijo Ezger.

—Para mí sí —comentó Marf—. ¿Tienes más episodios de ese programa?

—Sí, tengo varios.

—¿Puedo ir a tu casa después de la escuela? Me gustaría platicar del programa contigo.

—¿Platicar del programa? —le pregunté—, ¿o ver más episodios?

—Ambos.

—Claro. ¿Qué quieres platicar del programa?

Marf volvió a mirar al guardia, que estaba sorbiendo lo que quedaba de su almuerzo en el vaso, hasta que levantó la mirada e hizo contacto visual con la ororo.

—Te cuento luego —dijo Marf.

13

¡PSSST! ¿QUIERES COMPRAR UNA CARICATURA?

ESE DÍA YA NI ME ESFORCÉ por entender la clase de Yurinuri. Sentía demasiada emoción por mi conversación con Marf y Ezger.

Era excelente noticia asumir que el resto de su especie tenía el mismo gusto que ellos. Si a los ororos les gustaba nuestra televisión y a los kriks nuestra música, quizá querrían que nos quedáramos en Chum.

De ser así, ¿no podrían ayudarnos a que los zhuris cambiaran de opinión?

Para cuando terminó la clase, ya había rescatado en mi cabeza a toda la raza humana formando una alianza con los ororos y los kriks basada en la música y la televisión. En cuanto Yurinuri nos dejó salir, fui hacia donde estaba Ezger, pero él y los otros kriks salieron corriendo tan rápido que no los pude alcanzar.

Estaba por seguirlos en el pasillo cuando Yurinuri me llamó.

—Humano Lan, ¿puedo hablar contigo un momento?

—¡Claro, señor! —Volví al frente del salón y él bajó la voz para que los chicos zhuris que estaban saliendo y mi guardia no pudieran escucharlo.

—¿Has pensado en la presentación?

—Ah, ¡sí, señor! —«De hecho, no». Habían pasado tantas cosas desde el día anterior que se me olvidó por completo—. Es solo que, eh… necesito un poco más de tiempo. ¿Tiene algún consejo sobre lo que debería incluir?

—Como dije antes… —Su voz era casi un susurro—, algunos piensan que los humanos tienen cosas positivas que ofrecer a nuestra sociedad.

—¡De acuerdo! ¿Alguna en especial, señor? Hace rato estaba hablando con un krik y una ororo sobre la comedia y la música.

El maestro me interrumpió con un fuerte zumbido, mirando por encima de su hombro.

—Debe ser educativo, humano Lan.

Me di la vuelta para ver qué estaba mirando. Mi guardia iba a medio salón, volando hacia nosotros.

—El propósito de tu presentación es educativo —repitió Yurinuri—. ¿Entiendes?

—Sí, señor. —«Pero, la verdad, no».

—Muy bien. Te veo mañana.

Cuando salí al pasillo, estaba tan lleno de chicos zhuris y kriks que perdí toda esperanza de encontrar a Ezger. Además, no había señales de Marf, a quien sería imposible no ver, pues era la única ororo en la escuela. Quería pedirle un aventón a casa en su elegante nave plateada, pero terminé viajando en la mía, tan aburrida como siempre, en un silencioso trayecto con mi guardia armado mientras intentaba descifrar qué diablos quería el maestro de mí.

Me pareció que lo de «cosas positivas que ofrecer» debía incluir alguna forma de arte, quizá incluso la música o la comedia. Pero el jefe había dicho que esas cosas eran «veneno» y tan solo mencionarlo puso de nervios a Yurinuri. Igual que Marf y Ezger durante el almuerzo, él no quería que mi guardia me escuchara hablando sobre eso. Además, insistió en que mi presentación debía ser «educativa», lo que fuera que eso significara.

Nada de eso tenía mucho sentido, pero pensé que podría preguntarle a Marf al respecto cuando fuera a la casa. Aunque no pudiéramos hablar de cosas como *Los Birdley* frente a los zhuris, me emocionaba mi idea de usarlos para poner de nuestro lado a los kriks y los ororos.

Sin embargo, cuando llegué a casa, papá e Ila no se emocionaron tanto como yo con la idea. Ambos estaban tumbados en el sofá. La cara y la parte de arriba del cuerpo de papá, donde le cayó el veneno, se veían incluso peor que en la mañana.

—Si podemos poner a los kriks y los ororos de nuestro lado, ¿no creen que eso nos ayudaría a que los zhuris cambien de parecer?

—Nom permdemos namda com imntemntar —balbuceó papá, haciendo un gesto por el dolor que le provocaba hablar con la cara inflada como un enorme globo rojo—. Perom loms zhurims somn loms quem estámn a carmgo.

—No hables —le dijo Ila—, el doctor dijo que te hace daño.

—¿Vino un doctor? ¿Qué más dijo?

—Lo mismo que Leeni: «Mejorará». Aunque no está mejorando. —Ila negó con la cabeza—. Nos dio medicina para la herida, pero parece que solo la inflama más.

—Lo siento, papá. —Él me guiñó con su ojo bueno. Supuse que guiñar no le dolía tanto como sonreír.

—¿Recuperaste mi pantalla? —preguntó lla.

—Ah, ¡sí! —Se la entregué y mi hermana desapareció en su cuarto con el aparato entre las manos, como una ardilla que se escabulle con su nuez.

Entonces escuchamos el trueno que anunciaba el ingreso de una nave. Era Marf. Se la presenté a papá y lo primero que ella le dijo tras arreglar su traductor fue:

—Nccesitas medicina para esa herida.

—Ya le dieron —le dije—. Pero no le ayuda.

—Los doctores zhuris no saben atender a otras especies —me aclaró—. ¿Por qué no van a mi casa por la tarde? Mis padres pueden preparar la medicina que necesita. Además, pueden cenar con nosotros. A los humanos les gusta la comida ororo, ¿verdad?

—¡Sim! ¡Maramvilloso! ¡Gramcias! —dijo papá, intentando sonreír a pesar del dolor.

—¿Cuánto nos va a costar? —pregunté.

—¡Lamn!

Papá me miró con un gesto enojado, pero Marf solo sonrió.

—Es una buena pregunta. Soy una ororo de negocios. Pero no les cobraré. Considérenlo el pago por el placer que me dio ver la televisión humana en la pantalla de tu hermana.

—Por cierto, ¿qué querías que habláramos sobre *Los Birdley*?

—Nada —dijo Marf—. No era importante. Pero con gusto veré más episodios si tienes.

—Claro. Aunque, ¿no deberíamos ir primero a tu casa para que le arreglen la cara a mi papá?

—¿Pomdemos emsperar hamsta que mi emsposa vuelmva a camsa? —balbuceó papá.

—Ah, ¡claro!, de seguro mamá querrá acompañarnos. No debe tardar. ¿Está bien?

—Podemos irnos cuando quieran —respondió Marf—. No hay prisa.

Los tres nos acomodamos en el sofá y saqué mi pantalla para ponerle otro episodio de *Los Birdley* a Marf, pero ella pensó que la pantalla no era lo suficientemente grande, así que trajo unas herramientas de su nave y las usó para agregarle un transmisor a mi pantalla que permitiera proyectar el video de *Los Birdley* en la enorme televisión zhuri en la pared.

Era la clase de proyecto que a un técnico humano quizá le hubiera tomado días, aun teniendo el equipo indicado, pero Marf lo hizo en unos tres minutos. Papá la veía trabajar con un gesto maravillado.

—El ororo promedio es siete mil veces más inteligente que el humano promedio —le expliqué, repitiendo lo que Marf me había dicho.

—Sumpongo quem sim —balbuceó papá.

Cuando Marf terminó de instalar el proyector, los tres vimos un par de episodios de *Los Birdley*. Marf se la pasó riéndose y noté que los ororos se ríen casi igual que los humanos: no hacía mucho ruido, pero le salían unas arruguitas en las orillas de los ojos y su cuerpo se sacudía con tanta fuerza que, en una de esas, casi me tira del sofá.

—¿En serio entiendes todos los chistes? —le pregunté.

—No todas las palabras. Pero los movimientos sí. Es una cosa de física. Él quiere pasar por encima de la pared, pero en vez de eso la cruza. Y la intención: quiere silencio. Pero su compañera ha invitado a su amiga escandalosa a la casa.

—Este es mi programa favorito de la vida.

—Los pájaros me recuerdan a los zhuris. Tanto por la forma en que se mueven como por lo que piensan. Son muy orgullosos, pero sus acciones suelen ser tontas.

Tras el segundo episodio, papá se fue a arreglar para la cena.

—Ahora tenemos que hablar de algo muy serio —me dijo Marf en cuanto papá se fue.

—¿De qué?

—De *Los Birdley*. Tengo una propuesta de negocios para ti. Pero, primero, debes prometerme que nunca dirás nada de esto. Especialmente a tus padres.

—¿Por qué no?

—Porque si los padres humanos son como los padres ororos, lo van a arruinar todo.

—Ah. Bueno. ¿De qué se trata?

—¿Me juras que no le contarás a nadie? ¿Ni a tus padres ni a nadie más?

—¡Sí, claro!

—¿Será un secreto? ¿Y que te mueras si no?

—¿Que me muera?

—Si guardas el secreto, eso no pasará. ¿Lo prometes?

—Yo… eh… eso de morirme…

—Olvida lo de morirte, solo prométeme que vas a guardar el secreto.

—Pero no me matarías… ¿verdad?

—Es poco probable. Eres el único ser no ororo al que he escuchado hacer una broma. No fue muy graciosa, pero noté que tienes potencial. Eso es algo poco visto y muy valioso en este planeta. Aquí nadie es gracioso. Salvo otros ororos. Pero su sentido del humor es muy oscuro. A veces, solo me ponen triste en vez de darme risa.

—¿Y Ezger? ¿Él no es gracioso?

—No a propósito. Las bromas de Ezger casi siempre son accidentales. Aunque es muy bueno para el sarcasmo... Pero nos estamos distrayendo. Volvamos a *Los Birdley:* ¿cuántos capítulos hay?

—No sé. ¿Unos ciento y tantos? Era un programa muy popular en la Tierra.

—Quiero comprártelos todos.

—¿En serio? ¡Wow! Bueno. Pero... puedes venir y verlos gratis.

—Prefiero tenerlos. ¿Están todos en tu pantalla?

—No, solo tengo algunos. La mayoría están en un archivo en la nave humana. Creo que los tienen todos ahí. ¿Por qué los quieres comprar?

—Eso no es importante.

—¿Se los vas a vender a otros ororos o algo así? Lo que pasa es que... —Le expliqué mi idea sobre interesar a los kriks y los ororos en la televisión y la música humana para después pedirles su ayuda en ganarnos a los zhuris.

Marf negó con la cabeza.

—Tu plan es matemáticamente absurdo.

—¿Qué quieres decir?

—El planeta Chum es democrático. A grandes rasgos, cada individuo tiene una voz igual de valiosa.

—Eso es bueno, ¿no?

—Depende de qué especie seas. Hay seis billones de zhuris, diez millones de kriks y solo dos mil ororos. Haciendo números, las opiniones de los ororos y los kriks no importan en lo más mínimo.

—Pero a los zhuris debe importarles su opinión.

—No les importa.

—¿Ni un poco?

—No. Lo siento. Todas las decisiones importantes las toman los zhuris.

—Ay —suspiré, perdiendo toda esperanza de salvar a la raza humana con la comedia.

—¿Me vas a vender los capítulos? —me preguntó de nuevo.

Lo pensé.

—Quizá. Pero ¿por qué tiene que ser un gran secreto?

—Porque implica un riesgo.

—¿Qué clase de riesgo?

—Esos videos son ilegales.

—¿En serio?

—Sí. A menos que sean educativos.

—¡Ah! Eso lo explica. —Le conté sobre mi conversación con el maestro y la presentación «educativa» que me pidió.

—¿Tú crees que los videos de *Los Birdley* son educativos? —le pregunté.

Marf negó con la cabeza.

—No. Son entretenimiento. Su propósito es provocar emociones: risa, alegría, tristeza...

—No creo que quieran provocar tristeza.

—El episodio en el que Duane pierde su trabajo tiene partes muy tristes.

—Es cierto. Y en verdad buscan provocar risa.

—Desafortunadamente, eso es ilegal. No debes contarle a ningún zhuri de su existencia y nadie puede saber que te los compré. Te pagaré cuatrocientos rhee por capítulo.

—Un momento... ¿qué tan ilegales son? O sea, ¿ni siquiera debería tenerlos?

—Sin duda el gobierno no lo aprobaría. Pero distribuirlos es mucho más ilegal que tenerlos. Por eso no le puedes contar a nadie que me los vendiste, y que te mueras si lo haces.

—Pensé que ya habíamos quitado la opción de morirme.

—Tú la quitaste, yo no. Yo solo dije que era poco probable, pero, si le cuentas a alguien sobre esta conversación, me veré obligada a matarte de inmediato. Y será una muerte muy dolorosa: gritarás y pedirás clemencia, que no te concederé.

—Es broma.

—Quizá. Ya te había dicho que los ororos tenemos un sentido del humor muy negro. Pero, para no arriesgarte, no le digas a nadie sobre esta conversación. Ni que me vas a vender todos los capítulos de *Los Birdley*.

Lo pensé por un momento.

—Discúlpame, pero si son tan ilegales, no te los puedo vender. El gobierno está buscando una razón para echarnos del planeta. Si atrapan a alguien con capítulos de *Los Birdley,* sería obvio que nosotros se los dimos, y con eso estaría destruyendo a toda la raza humana.

Marf asintió vigorosamente, todo su cuerpo se sacudió con el movimiento.

—Está bien. Lo entiendo por completo. Por favor, olvida que te propuse comprarte los videos y no se lo cuentes a nadie. —Me dio unos golpecitos en la pierna—. Ah, y la cena ya no será gratis. Hay que ver otro episodio.

—Espera… ¿la cena ya no será gratis?

—Claro que no. Era una oferta promocional, creada para influenciar tu decisión de venderme los videos. Si quieres comer comida ororo en nuestra casa, tendrás que pagarme mil rhee. Además de otros cinco mil por la medicina de tu padre.

—Ah… —Sentí cómo se me estrujaba el corazón—. Lo que pasa es que no tenemos dinero. Entonces…

Las arruguitas de una sonrisa naciente enmarcaron los ojos de Marf.

—Pensé que sabías cuando estaba bromeando.

—¡Sí sé! A veces.

—No te preocupes. Les daremos la medicina gratis. Y la cena también.

—¡Muchísimas gracias! Oye… si nos dejas traernos las sobras, te daré gratis todos los episodios de *Los Birdley* y podrás vendérselos a quien tú quieras.

Marf abrió los ojos con expresión sorprendida.

—¿En serio?

Entonces fue mi turno de sonreír.

—¡Claro que no! ¿Qué no sabes cuando estoy bromeando?

Marf me respondió con una sonrisa aún más grande.

—Me gusta estar contigo, humano Lan. Será una pena cuando tenga que matarte.

—Ya sé. Oye, hablando en serio... ¿debería borrar todos los capítulos de *Los Birdley* de mi pantalla? O sea, ¿el gobierno podría echarnos del planeta solo por tenerlos?

Marf negó con su enorme cabeza.

—No te preocupes por eso. Al menos, hasta que haya visto todos los episodios. Pon otro, por favor.

Puse el siguiente capítulo y me acomodé en el sofá masajeador, con más esperanza sobre nuestro futuro en el planeta Chum que antes. La noticia de que *Los Birdley* eran ilegales me dio un poco de miedo, pero me reconfortaba saber que al menos tenía a un malvavisco gigante y superinteligente de mi lado.

Hasta que me matara.

Pero tenía noventa y ocho por ciento de certeza de que eso fue broma.

O quizá solo noventa y cinco. De cualquier modo, las probabilidades eran bastante buenas.

14

ALIMENTO PARA
LA MENTE

CUANDO MAMÁ VOLVIÓ a casa, cansada y adolorida tras un largo día en la morgue, nos pusimos nuestras mejores prendas. Entonces Marf nos encaminó, a través del jardín rojo, hacia su nave. Mientras nos acercábamos, la puerta se abrió con un dramático sonido de deslizamiento.

Mamá se detuvo en el umbral y se asomó al interior. Estaba cubierto de piso a techo con una especie de tela peluda de aspecto elegante y los asientos se movían suavemente con las mismas sustancias de automasaje que tenían nuestras camas y el sofá.

—Vaya —exclamó mamá—. Qué nave tan impresionante.

—¡Yeeheehee!

—¡Alto! ¡No pueden abordar sin permiso!

Los dos guardias que estaban afuera de nuestra casa iban volando hacia nosotros con las armas listas.

—Perdón... —comenzó a decir mamá.

—Tienen permiso —dijo Marf, interrumpiéndola—. Por favor, revisen sus notas.

Uno de los guardias se fue volando a su nave (mucho más aburrida), estacionada a un costado de nuestra casa. Abrió la puerta y revisó la pantalla que estaba adentro. Luego llamó a su compañero.

—La ororo tiene razón. Los humanos tienen permiso de ir a un evento de nutrición en el lote Siete Nueve Nueve.

—Tenemos que acompañarlos —nos dijo su compañero.

—Lo siento, no hay espacio suficiente en mi nave —dijo Marf mientras nos metía casi a empujones—. Pueden seguirme.

Sin esperar respuesta, Marf cerró la puerta de la nave en la cara de los guardias y presionó algo en el panel de control. De inmediato, la nave se elevó a cincuenta metros sobre el suelo y cruzó el cerco con un trueno más escandaloso de lo normal.

Luego se detuvo tan rápido como despegó y quedó suspendida en el aire durante medio segundo. Apenas tuve tiempo para mirar hacia abajo y ver a los guardias corriendo hacia su nave a toda velocidad, antes de que saliéramos volando como un cohete.

Instantes después íbamos tan rápido sobre la ciudad que los edificios se veían como un borrón. Lo más extraño es que nada dentro de la nave se veía afectado por los súbitos cambios de velocidad. Cuando se lanzó al aire, debimos haber terminado embarrados en el suelo, pero no sentí más aparte de un revoloteo en el estómago. Y cuando la nave se echó a volar a toda velocidad, hubiera esperado que nos fuéramos hacia atrás como pinos de boliche, pero no sentimos nada fuera de un jaloncito.

Mi familia estaba tan sorprendida como yo.

—¿Cómo es posible —preguntó mamá— que esta nave desafíe la física?

—Es una tecnología llamada amortiguador de inercia. Es difícil explicarlo de un modo que puedan comprender —le dijo Marf.

—Los ororos son siete mil veces más inteligentes que los humanos —le expliqué a mamá. Ella asintió.

—Interesante. ¿Y cómo conseguiste el permiso para que vayamos a cenar a tu casa? —le preguntó a Marf.

—Eso también es difícil de explicar —respondió Marf. Sospechaba que había conseguido el permiso igual que consiguió el código de acceso para que su nave cruzara nuestro cerco, o sea, ilegalmente, pero no dije nada. Aunque le tenía mucho miedo al gobierno zhuri, no quería perderme una comida ororo.

Además, como estábamos en el aire, aunque hubiéramos infringido la ley, ya no podíamos hacer nada.

Me acomodé en uno de los asientos masajeadores y miré a mi alrededor. No fue difícil convencer a mamá de salir de la casa cuando le explicamos que habría comida ororo.

—Es una nave muy linda —dijo.

—¡Gracias! —Marf sonrió de oreja a oreja—. La pagué yo misma. Soy una ororo de negocios.

—¿En serio? ¿Qué clase de negocios?

—Vendo muchas cosas. Sobre todo, chucherías tecnológicas y robots de juguete que yo misma construyo.

«Y videos ilegales… si se lo permito», pensé mientras Marf avanzaba con sus pasos torpes hacia la parte trasera de la nave para abrir un gabinete que estaba en la pared. La réplica de un krik, de unos sesenta centímetros hecha de acero plateado, asomó la cabeza. Ila era la que estaba más cerca y gritó sorprendida. Conforme el robot krik avanzaba hacia nosotros, moviendo la quijada y gruñendo, mi hermana retrocedía.

—No le tengas miedo —le dijo Marf—. Solo come metal.

La ororo buscó algo en una charola sobre el panel de control, sacó una pequeña placa de circuitos y se la echó al robot, que saltó para atraparla en el aire. Se la comió haciendo mucho ruido, luego volvió a su cajón.

—Wow —dijo Ila.

—A mi amigo Ezger no le gustan mis robots —comentó Marf—. Es un krik y cree que me estoy burlando de su especie con ellos. —Hizo una pausa—. Pero claro que tiene razón.

—¿Es común que los ororos y los kriks sean amigos? —preguntó mamá—. Me dijeron que hay… algunos… problemas entre ustedes.

—¿Por eso de que les gusta comernos?

—Sí. Eso parece un obstáculo importante para formar relaciones saludables.

—Al principio sí lo era. Pero los ororos lo arreglaron hace muchas generaciones. Manipulamos genéticamente nuestras células grasas para que fueran venenosas para los kriks. Ahora, si un krik se come tan solo una parte de un ororo, moriría al instante.

—¿Es otra de tus bromas? —le pregunté.

—Para nada. Fue una solución creativa a un grave problema de salud pública.

De pronto, así de rápido y suave como despegó, la nave se detuvo y nos encontramos en una zona residencial ororo que era idéntica a la nuestra, salvo porque todas las casas se veían habitadas.

—Llegamos —anunció Marf con una sonrisa—. Me pregunto cuánto tardarán sus guardias en alcanzarnos.

LA CASA DE MARF era idéntica a la nuestra… si la nuestra hubiera sido tomada por científicos locos que instalaron extraños artefactos y máquinas por todas partes. Sus padres, Ulf y Hunf, eran idénticos a Marf, aunque mayores, más grandes y menos azulados.

—Bienvenidos a nuestra casa —dijo Ulf, la madre. Mi traductor le dio una agradable voz de mamá de los suburbios en un programa de televisión viejo—. Nos alegró mucho el mensaje de Marf avisándonos que vendrían a cenar.

La voz de Hunf en el traductor era la de un hombre mayor con un tono algo perezoso.

—Espero que nuestra hija no haya intentado cobrarles la comida —dijo, mirando de reojo a Marf.

—¡No! Para nada —le aseguró mamá.

Hunf miró a mi papá.

—Antes de comer, ¿te gustaría recibir el antídoto para el veneno con el que te atacaron?

—Memcantaría —balbuceó papá.

En diez minutos, Hunf tomó una muestra de ADN de la lengua de papá, la analizó, diseñó una crema medicinal que contrarrestaría el veneno sin efectos secundarios y creó ocho onzas con una especie de horno bioquímico del tamaño de una caja de zapatos.

Papá se puso un poco de crema en la piel y la hinchazón comenzó a bajar casi de inmediato. Para cuando nos sentamos a la mesa unos minutos después, ya podía abrir el ojo izquierdo y hablar con normalidad.

—No sabes cuánto te lo agradezco —le dijo a Hunf.

—Es una trivialidad — le respondió Hunf—. Deberías llevarte lo que queda de la crema cuando te vayas.

—¿Tengo que seguir usándola?

—No. Pero la necesitarás para cuando te vuelvan a atacar.

«Para cuando...». Todos nos quedamos en *shock*. Pero, antes de que papá pudiera preguntar algo más, Ulf nos llevó a la mesa.

—¿Qué les parece si comemos? —sugirió.

LA CENA ESTUVO aún más deliciosa que la última vez que probamos la comida ororo. Nos ofrecieron veinte sabores distintos y había más de lo que habríamos podido comer de cada uno. Aunque intentamos no comer como perros hambreados, quizá no lo logramos.

A Ulf y Hunf no pareció importarles.

—Deberían llevarse las sobras a casa —sugirió Ulf.

—¡Muchísimas gracias! —exclamó mamá—. Les agradecemos mucho todo lo que han hecho por nosotros.

Todos les agradecimos con ganas.

—Sí, ¡muchas gracias!

—¡Muchísimas gracias!

—¡Todo esto es maravilloso! ¡Gracias!

—Es trivial —repitió Ulf—. Pero de nada. Su situación es difícil y nos alegra poder ayudarlos.

—Me preguntaba si... —aventuró mamá—. ¿Tienen algún consejo para nosotros? Nos vendría muy bien algo de su sabiduría.

—¿Qué quieren saber?

—Cómo convencer a los zhuris de que somos pacíficos para que permitan que los humanos vengan a su planeta.

—Pero no son pacíficos —comentó Ulf.

Mamá no esperaba escuchar eso. Ninguno lo esperaba.

—Sí somos pacíficos —insistió mamá.

—Quizá como individuos —dijo Hunf—. Pero no como especie. Destruyeron su planeta de origen. ¿Qué puede ser más violento que eso?

—Pero aprendimos de esa tragedia. Y renunciamos a la violencia, ahora y en el futuro.

—Puede que eso sea lo que quieran —respondió Hunf—. Puede que incluso lo crean. Pero no es verdad. Su especie simplemente no ha alcanzado ese nivel de desarrollo social y emocional.

—Por ejemplo —explicó Ulf—, a los ororos nos tomó más de mil generaciones abandonar por completo nuestros instintos violentos.

—Y, aun ahora, a veces me dan ganas de arrancarle las alas a cualquier zhuri que estaciona su nave en el espacio que me corresponde—agregó Hunf.

—Mi esposo está bromeando —dijo Ulf.

—Solo un poco —aclaró Hunf.

—No creo que los humanos sean incapaces de cambiar —anunció papá.

—Yo tampoco lo creo —respondió Hunf—, pero un cambio tan de fondo casi nunca ocurre de forma inmediata. Es probable que los humanos sean violentos por varias generaciones más. Pero ese no es el verdadero obstáculo para que los acepten en el planeta Chum. Tanto los kriks como los zhuris tienen tendencias violentas; aun así, logran vivir en paz. Y la tecnología de las armas zhuris es mucho más avanzada que la suya, así que la violencia humana no es una amenaza real para ellos. Es solo la excusa que eligieron para negarse a refugiarlos.

—Pero ¿por qué? —preguntó mamá—. Si no le temen a nuestra violencia, ¿por qué quieren que no vengamos?

—Porque les temen a las emociones que puedan generar entre su gente —dijo Ulf.

—Esa es la razón principal —señaló Hunf—. Aunque también hay una parte de preocupación real por la seguridad de los humanos. Los zhuris tienen miedo de provocar otra tragedia como la que les ocurrió a los nugs.

Los cuatro nos miramos unos a otros y mamá dijo lo que todos estábamos pensando.

—¿Qué les pasó a los nugs? Lo he preguntado muchas veces, pero nunca he conseguido una respuesta.

Los ororos abrieron los ojos muy grandes.

—Ay, no —dijo Ulf—. ¿Nadie les contó sobre los nugs? —Su enorme cabeza se giró hacia su esposo.

Hunf soltó un suspiro tan profundo que retumbó por todo el lugar. Luego se levantó de su asiento con movimientos pesados.

—Cuando terminen de comer —dijo—, por favor vengan a acompañarme en el sofá. Será más fácil de entender si ven el video.

15

A VECES LA HISTORIA NO ES LINDA

EL SOFÁ ORORO era tan enorme que cupimos los siete en él. Ulf y Hunf estaban en las orillas, con Marf junto a su padre y mi familia en medio, de modo que nos veíamos (y, al menos para mí, nos sentíamos) como niñitos entre los gigantescos ororos. Con un control remoto, Ulf navegó por la interfaz de una biblioteca de video zhuri en una pantalla del tamaño de toda la pared mientras Hunf nos daba su explicación.

—En la mayoría de las sociedades hay dos fuerzas básicas en conflicto: el progreso y la tradición. Ambas luchan por el control político. Cuando el progreso va ganando, hay crecimiento y cambio. Pero, cuando el cambio llega demasiado rápido o causa problemas, la tradición toma el control para estabilizarlo todo.

»Los zhuris, que son los gobernantes de Chum al tener una mayoría de seiscientos a uno sobre los ororos y los kriks, son una especie que trabaja en colmenas. Su biología hace que la cooperación sea sagrada para ellos. Quizá hayan notado su extraña insistencia en que «todos están de acuerdo» en todo.

—Claro. —Los cuatro asentimos.

—Eso no significa que no haya conflictos. Solo que los zhuris fingen que no existen. Cuando los tradicionalistas tienen el control, como ahora, todos dicen que están de acuerdo con ellos en todo... hasta que la situación cambia y las fuerzas del progreso toman el mando; de pronto, todos están de acuerdo con lo contrario a lo que estaban de acuerdo la semana anterior.

Ulf lo interrumpió.

—Ya encontré el video, querido.

—Aún no lo pongas, amor. No he terminado de darles a los invitados mi sermón de sabelotodo presumido. —Hunf nos sonrió y entrecerró sus enormes ojos con un gesto parecido a un guiño, luego continuó—: Hace veintitantos años, los progresistas llevaban casi un siglo en el gobierno de Chum cuando recibieron una llamada de auxilio de los nugs, que estaban siendo expulsados de su planeta por unos invasores. El gobierno les ofreció refugio aquí. Ese tipo de ofrecimiento era parte de la política desde que los mismos zhuris llegaron como refugiados miles de años atrás.

»Sin embargo, no invitaron a los nugs solo por ser amables. El gobierno pensaba que tenían algo valioso que ofrecerle a la sociedad de Chum. Los nugs se jactaban de ser muy buenos para las artes escénicas. El canto y el baile eran especialmente importantes en su cultura. Los zhuris tenían muy poca experiencia con esa clase de cosas».

—Son muy aburridos —comentó Marf.

Hunf asintió, pues estaba de acuerdo con su hija.

—Es verdad. Como especie son bastante aburridos. No tienen música ni baile, ni teatro; tampoco arquitectura, pintura o escultura... solo andan de aquí para allá por la vida, ponen sus huevos y eso es todo. Pero ellos mismos empezaron a notar que algo les hacía falta. En parte fue porque los ororos ya teníamos un tiempo viviendo con ellos y habían notado lo mucho que el arte y la cultura mejoraban nuestra calidad de vida. Siempre hemos tenido mucho de eso. Pero, cuando llegamos a Chum, no compartimos nuestro arte con los zhuris porque era evidente que no les iba a gustar. Incluso tenemos nuestra televisión aparte de la de ellos.

—La televisión ororo tiene docenas de canales —agregó Marf—, pero solo nosotros podemos verlos.

—Es lo mejor —dijo Ulf—. Algunos de nuestros programas les resultan de lo más extraño a los que no son ororos. A veces hasta a mí me parecen extraños.

—Entonces, los nugs llegaron a Chum —continuó Hunf—, ansiosos por compartir su arte con los zhuris. ¡Y los nugs no eran aburridos! Al contrario, tenían fiestas y bailes que duraban días.

—A nosotros no nos gustaban los bailes nugs —dijo Ulf—. Podemos movernos si es necesario, pero somos una especie que prefiere el sofá. En cambio, a los zhuris sí que les gustaron. Parecía que estaban hechos para bailar en grupo. Para ellos era como su comportamiento dentro del enjambre, solo que positivo: alegre en vez de violento. Al principio pareció que los nugs podrían provocar una verdadera transformación en la sociedad zhuri.

—Pero luego... —Hunf levantó la mano con un gesto dramático— los nugs hicieron su Festival de los Gemidos.

Al decir esto, los tres ororos suspiraron estruendosamente.

—Era una de sus tradiciones más antiguas —dijo Hunf—. Hacían uno cada cinco años, duraba diez días y era horrendo.

—Ya lo tengo en la televisión —dijo Ulf—. ¿Les gustaría ver un poco?

—¡Claro! Por favor —pidió mamá.

Ulf presionó un botón del control remoto. En la pantalla apareció una gran plaza al centro de una ciudad de Chum, rodeada de los conocidos edificios beige con forma de panal. Había algo oscuro entre los edificios, algo que se movía como un líquido, como un océano de petróleo.

Entonces lo escuché: un chillido ensordecedor tan horrible que me tuve que tapar los oídos con las manos. Y, aun así, el sonido era tan fuerte y perturbador que empecé a sentir náuseas. Toda mi familia tuvo la misma reacción.

—¡¡Ay!!

—¡Aaaagh!

—¡¡Basta, por favor!!

Ulf puso en pausa el video y señaló la pantalla con el control.

—Todos los nugs en el planeta, absolutamente todos, se reunieron en el centro de la ciudad y se arrastraron unos sobre otros mientras gritaban sin control.

Miré la pantalla con atención. Lo que pensé que era un líquido negro resultó ser una pila enorme de nugs arrastrándose con sus cuerpos como de gusano.

—¿Y el tal Festival de los Gemidos duró diez días? —preguntó papá—. ¿Ese ruido horrendo se oyó diez días enteros?

—Ese era el plan —dijo Hunf—. Pero, al cuarto día, un enjambre de zhuris mató hasta el último nug.

Mamá ahogó un grito. Seguro que yo también, pero el sonido se perdió bajo los fuertes sollozos de Ila.

—No fue intencional —dijo Ulf—. A lo mejor ni los zhuris del enjambre tenían planeado provocar una masacre. No lo digo para disculpar lo que hicieron, porque, aunque no haya sido intencional, fue una monstruosidad, pero es difícil explicar en palabras lo doloroso que fue el Festival de los Gemidos para todos los que no eran nugs. Nosotros vivíamos a kilómetros del lugar y, pese a la distancia, sus gritos eran tan insoportables que nos sentimos físicamente mal.

—Y los sonidos les causaban aún más dolor a los zhuris —continuó Hunf—. El gobierno hizo todo lo posible por convencer a los nugs de detenerse. Sin embargo, a partir de que empezaron con su ritual, se volvió imposible hablar con ellos, y mucho menos lograr que dejaran de gritar.

—Además, el gobierno intentó detener al enjambre —aclaró Ulf—. Pero a los zhuris, por su naturaleza, cuando forman uno, ya no hay nada que pueda detenerlos.

—Y pasa lo mismo con especies que no hacen enjambre —dijo Hunf—. Los grupos grandes de seres, en especial si están furiosos o asustados, hacen cosas que los individuos nunca harían. A veces terminan haciendo cosas increíblemente trágicas y estúpidas, por no mencionar violentas. Eso fue lo que pasó. Una especie de enfermedad masiva. Y, cuando terminó, los zhuris estaban horrorizados con lo que hicieron. Invitaron a una especie a su planeta con las mejores intenciones, pensando que les hacían un gran favor a los nugs... y solo para que una turba de los suyos los matara de manera salvaje en un arranque de rabia. Poco después, el gobierno de Chum pasó a otras manos y los tradicionalistas tomaron el mando.

—Tenía sentido —agregó Ulf—. Cuando las políticas de tu gobierno provocan una masacre, accidental o no, es buena idea cambiar de dirección. —Negó con la cabeza—. Pero luego comenzaron con esa tontería de suprimir las emociones.

—El olor a ira detona la formación de enjambres entre los zhuris —nos explicó Hunf— y el gobierno quería evitar que estos se volvieran a formar. Pero se les metió en la cabeza que la mejor manera para lograr eso sería suprimir todos los olores. Pensaron que, si apagaban todas las respuestas emocionales de su sociedad, el resultado sería la paz y el acuerdo entre todos.

—Obviamente eso es un error —dijo Ulf—. Y por lo tanto es un plan condenado al fracaso. Para empezar, los zhuris no son tan emocionales; aun así, y al igual que cualquiera, no pueden eliminar sus emociones. De todas formas, sospecho que seguirán con esa política estúpida por algunas décadas más, porque de verdad creen que es lo mejor para el planeta. Pobres tontos.

—¿Y eso qué significa para los humanos? —preguntó mamá.

—Me temo que nada bueno —respondió Ulf—. El gobierno progresista los invitó al planeta, pero ahora son los tradicionalistas los que están a cargo. Y, si el gran logro de ustedes como especie es el arte... pues eso solamente los aterra, porque es lo mismo que dijeron los nugs y ya vieron cómo terminó eso. Por eso quieren que se vayan.

—Pero están en conflicto —agregó Hunf—, porque el gobierno sí los invitó y no soportan la idea de que podrían ser responsables por la desaparición de otra especie. Así que decidieron tomar su violencia como excusa, para culpar a los humanos de que las cosas no hayan funcionado.

—¿Por eso se la pasan mostrando imágenes de guerras humanas en la televisión? —preguntó papá.

—Claro. Mientras «todos estén de acuerdo» en que son una amenaza para su seguridad, el público exigirá que sean expulsados de aquí, y así el gobierno podrá deshacerse de ustedes sin sentir que rompieron su promesa.

Nos quedamos en silencio por un rato, intentando procesar lo que significaba todo eso.

—¿Y qué podemos hacer? —preguntó mamá al fin—. Además de aferrarnos hasta que el gobierno pase a otras manos.

Hunf negó con la cabeza.

—Me temo que eso será imposible. Algunos comentan entre susurros que no están de acuerdo con el gobierno, como pasa siempre, pero eso no basta para que el poder pase a otras manos. Los gobiernos zhuris tienden a durar cien años o más. Este lleva menos de veinte al frente. No pueden aferrarse durante ochenta años... En su situación, hasta ochenta días serían un milagro. Odio decirlo, pero no creo que les quede mucho tiempo.

Ulf le dio unas palmaditas en la pierna a mamá con su mano gigantesca.

—Lo sentimos muchísimo. Parecen ser una especie buena. Es solo que llegaron en un muy mal momento.

—Pero les deseamos la mejor de las suertes —agregó Hunf—. ¿Ya lo intentaron en algún otro planeta?

FUE DIFÍCIL SEGUIR la conversación después de eso, porque toda mi familia estaba demasiado deprimida y ofuscada como para llevar una plática casual. Unos minutos después, nuestros dos guardias armados llamaron a la puerta, pues apenas nos habían alcanzado luego de que Marf los dejó en nuestra casa, y decidimos volver a casa con ellos en su nave. Antes de irnos, Ulf y Hunf nos dieron comida ororo para un par de días.

—Si necesitan más —dijo Ulf—, avísenle a Marf. Y no permitan que les cobre.

Les agradecimos por su generosidad, pero yo no pude dejar de preguntarme si solo nos habían dado comida para un par de días porque no creían que fuéramos a estar más tiempo en el planeta.

Cuando ya íbamos en camino en la nave de tamaño normal, que se sentía lenta y deprimente comparada con el viaje de lujo en el cohete de Marf, Ila apagó su traductor para que los guardias no la entendieran.

—¿Ahora sí ya nos podemos ir? —le preguntó a mamá con un toque de enojo en la voz—. ¿O vamos a esperar a que nos maten?

Mamá también apagó su traductor.

—Nadie va a matar a nadie.

—¿Cómo puedes decir eso? ¡Nos atacaron en cuanto llegamos! ¿Cuánto falta para que terminemos como esos pobres gusanos?

Entonces fue mi turno de apagar mi aplicación.

—Eso fue distinto. Los gritos de los nugs lastimaban a la gente. Nosotros no le hacemos daño a nadie.

Ila soltó un resoplido burlón y negó con la cabeza.

—Lan tiene razón —dijo mamá—. Además, tenemos cosas que ofrecerles. Cuando negociamos con los zhuris desde Marte, estaban muy emocionados por conocer nuestro arte. Apuesto a que muchos siguen pensando lo mismo. Es solo que ahora su gobierno no quiere que lo conozcan.

—Marf me dijo que es ilegal difundir videos que provoquen emociones —comenté—. O sea, si le vendiéramos un episodio de *Los Birdley* a la gente, sería ilegal, porque su intención es ser graciosos.

—Pues qué problema, ¿no? —dijo Ila con tono burlón.

—Pero solamente los videos, ¿verdad? —me preguntó papá—. No es ilegal provocar emociones... ¿solo es ilegal vender un video que intenta provocarlas?

—Pues... —Me encogí de hombros—, ¿supongo?

—Debe haber alguna manera de darle la vuelta a eso —comentó mamá.

—Seguro que a los zhuris les gusta reírse —dije—, aunque sea descortés.

Mamá me miró.

—¿En serio? Cuéntame más.

—Hoy en la escuela, los chicos de mi salón se rieron de mí cuando me tropecé; produjeron un olor dulce, como a donas.

—¡Yeeeheeee! —Uno de los guardias se levantó de su asiento.

—Quiere que encendamos nuestros traductores —dijo papá.

El guardia levantó su arma apenas lo suficiente para dejarnos claro que era una orden.

—¿Y si intentas hacerlos reír? —me sugirió mamá antes de encender su traductor—. Solo no lo pongas en video.

16

EL DULCE OLOR DE LAS PAYASADAS

A LA MAÑANA SIGUIENTE, Ila no quería salir de la cama. Como papá y mamá no lograron levantarla, me enviaron a su cuarto para que yo lo intentara.

Estaba de lado, hecha un ovillo. Tenía los brazos doblados sobre su pecho, como si estuviera rezando, y alcancé a ver cómo las ondas del colchón le masajeaban el brazo que tenía apoyado.

—Ya, Ila, vámonos a la escuela. Ayer Iruu se puso muy triste de que no fueras. Si no vas hoy, se lo va a tomar personal.

Abrió los ojos, pero no se movió.

—Me hubieran matado —dijo.

—¿Qué?

—Si hubiera cantado cuando llegamos. Como querían mamá y papá. Los zhuris me hubieran matado. Así como hicieron con los nugs.

—¡Eso es ridículo! Los nugs no estaban cantando. Estaban gritando. Era como si estuvieran apuñalando a la gente en los oídos. Tu voz es hermosa. A los zhuris les hubiera encantado escucharte cantar. Apuesto a que aún les encantaría.

—No, claro que no.

—Sí, ¡claro que sí! ¿Sabías que Marf y Ezger vieron tus videos de *Cantante Pop*? Les encantaron. —No era totalmente cierto, pero pensé que Marf me apoyaría si Ila le preguntaba.

Ila levantó un poco la cabeza.

—¿Cuándo los vieron?

—El otro día. Cuando Marf se llevó tu pantalla a su casa.

Por un momento creí que se iba a levantar. Pero luego dejó que su cabeza volviera a hundirse en el colchón.

—Da igual. No son zhuris.

Después de eso, nada de lo que dije pudo hacer que mi hermana se moviera de su lugar. Al final, terminé yendo nada más yo a la escuela.

CUANDO ME SUBÍ a la nave con los dos guardias, uno hizo un pequeño revoloteo, como si le emocionara ver que solo iba uno de nosotros. El otro agachó la cabeza.

—¿Esto significa que tendrá el día libre, señor? —le pregunté al que revoloteó.

No me respondió, pero el otro soltó un bufidito de enojo y supe que tenía razón.

A mitad de camino a la escuela, mi teléfono anunció un mensaje de Naya.

Estás siendo un buen perrito?

Le respondí:

Muy buen perrito! Les he estado lamiendo la cara a todos

Seguramente el transporte estaba orbitando justo sobre nosotros, o al menos cerca, porque su respuesta llegó unos segundos después y comenzamos a platicar casi en tiempo real:

Guácala qué imagen más fea, a qué saben sus ojos compuestos?

A frambuesa con un toque de nachos

INCREÍBLE

La vdd no he lamido a nadie, no creo que les guste mucho

Ya en serio, cómo les va???

Mamá me advirtió más de una vez que todo debía ser positivo cuando hablara con los de la nave, así que no podía responderle: «El gobierno se quiere deshacer de nosotros, las noticias en la TV mienten a todas horas sobre lo que somos, alguien le vomitó veneno en la cara a mi papá, hay manifestantes por todas partes y mi hermana no quiere salir de la cama porque está segura de que nos van a matar».

Pero no quería mentirle a mi mejor amiga. Así que intenté hacer que la conversación se enfocara en ella.

> Va bien. Ya hice una buena amiga... una ororo

> (Son habitantes que parecen un malvavisco gigante)

> Tú cómo estás??? qué ha pasado por allá???

> La verdad?

Cuando vi su breve respuesta, sentí cómo el miedo comenzaba a expandirse en mi estómago. Luego llegó el siguiente mensaje y se hizo diez veces más grande:

> Acá las cosas se están poniendo feas

> La gente está asustada y enojada

> • • •

Se parece a como estaba todo antes
de la revuelta por la comida

Eso era lo último que quería escuchar. Me quedé viendo las palabras sin responder; pasó tanto tiempo que Naya me mandó otro mensaje:

Perdón, no te quería asustar

Vamos a estar bien

Entonces me di cuenta de que mi silencio era lo contrario a algo positivo, así que le mandé un montón de mensajes de un jalón:

No, está bien

Lamento escuchar eso

NO TE PREOCUPES

Nos los vamos a ganar y todo saldrá bien

Los dejarán venir aunque tenga que lamer a todos los zhuris para lograrlo

GUAU GUAU NO TE PREOCUPES, LO CONSEGUIREMOS!!!

• • •

Luego fue mi turno de observar la pantalla mientras esperaba una respuesta de Naya.

OK cool, sé que lo harás bien

QUIÉN ES UN PERRITO BUENO?

LAN ES UN PERRITO BUENO!

Síguelos lamiendo, guau guau, te quiero

Lo que más me dio miedo de toda la conversación fue el «te quiero». Naya no era la clase de persona que se pone así de sentimental a menos que las cosas estén muy mal. Terminé la conversación con esto:

Yo también te quiero, ya casi llego a la escuela adiós!!!

EN SERIO NO TE PREOCUPES LO VAMOS A LOGRAR!!!

Luego guardé mi pantalla e intenté no pensar en lo que pasaría si fallábamos y los zhuris nos echaban de Chum.

ME ENCONTRÉ CON IRUU en el vestíbulo.

—¡Buenos días, Lan! —me dijo—. ¿Ila tampoco vendrá hoy?

Su voz de caricatura en el traductor me provocó una sonrisa.

—¡Hola, Iruu! ¡Qué gusto verte! Lo siento, pero Ila se quedó en casa. No se siente bien.

—Yo también lo siento —dijo, agachando la cabeza—. Me gusta ayudarla. Además, mi especialista en educación me da créditos extra.

Miré a mi alrededor.

—¿Has visto a Hooree?

—No, hoy no. ¿Necesitas ayuda para encontrar tu salón?

—¿Te dan créditos extra si me acompañas?

—Sí.

—Entonces, ¡por favor, acompáñame! ¡Me ayudarías mucho!

—¡Gracias!

No necesitaba ayuda, pero me gustaba contar con la compañía de Iruu, aunque lo estuvieran sobornando para ofrecérmela. Era agradable saber que al menos un zhuri en la escuela estaba dispuesto a hablar conmigo.

—¿Puedo preguntarte algo, Iruu? —Mi guardia iba detrás de nosotros por el pasillo lleno de gente, pero el zumbido de las voces era tan fuerte que no creí que alcanzara a escuchar nuestra conversación.

—¡Claro! Los guías estamos para responder preguntas.

—¿Te gusta reír?

—Algunos piensan que está bien reír.

—Pero ¿tú qué piensas?

—Yo pienso… —Se frotó las alas— que estoy de acuerdo con ellos —dijo con un discreto zumbido.

—Y… ¿qué porcentaje de zhuris en el planeta… crees que estaría de acuerdo también?

Se frotó las alas con más fuerza.

—Todos estamos de acuerdo… o sea, algunos… creo… algunos piensan…

—¡Olvídalo! Perdón si fue una pregunta complicada. —Se veía muy incómodo y no quería molestarlo. Además, ya habíamos llegado a mi salón—. ¡Muchas gracias por acompañarme hasta aquí!

—¡De nada! —Iruu dejó de frotarse las alas y las dobló sobre su espalda. Me pareció que era el equivalente zhuri a soltar un gran suspiro de alivio.

—¡Adiós! ¡Espero verte durante el almuerzo! —Cuando estaba por cruzar la puerta del salón, Iruu me detuvo con un fuerte zumbido.

—Humano Lan…

—¿Sí?

—Algunos de nuestros especialistas en educación dicen que es bueno hacer preguntas. Aunque sean difíciles de responder.

—¡Gracias por decirlo, Iruu! Eres un buen amigo. —Le sonreí y él aleteó hasta elevarse un poco del suelo.

Eso me hizo sentir bien, pero la sensación positiva no me duró mucho. Mientras avanzaba hacia mi lugar, intenté hacer contacto visual y sonreírles a mis compañeros. Todos me ignoraron menos Ezger, quien me respondió con un gruñido cuando lo saludé. Justo antes de sentarme, crucé una mirada con Hooree. Él se frotó las alas y volteó hacia otro lado.

La clase comenzó y Yurinuri continuó donde se había quedado la mañana anterior, usando su marcador láser para escribir una ecuación matemática por completo incomprensible en la pantalla de la pared.

—¿Quién quiere resolver este *urm*? —le preguntó a la clase.

Un chico zhuri levantó la mano y, al verlo caminar con sus pasitos bobos hasta el frente para luego sacudir la cabeza y escribir una respuesta, se me ocurrió algo.

«¿Qué tal si hago lo mismo?».

Parecía absurdamente sencillo imitar a un zhuri. Y podía ser hilarante.

Al menos, lo sería para un humano. ¿A los zhuris les parecería gracioso? ¿Los haría producir el olor a donas recién horneadas?

Observé a otros chicos zhuris caminar, con esos pasos que eran casi saltos, hacia el frente del salón para escribir en la pantalla y, entonces, volver revoloteando a sus lugares, llenos de orgullo o con la cabeza agachada por la vergüenza.

Si pasaba al frente, no tenía ni la más mínima probabilidad de acertar la respuesta, pues ni siquiera sabía qué significaban las preguntas.

Quizá eso también podía ser gracioso.

«Intenta hacerlos reír». Eso dijo mamá.

Entre más consideraba levantar la mano, más miedo sentía. Era mucho riesgo y, si me salía mal, podía meterme en graves problemas.

Por otro lado, tal vez la clase de Yurinuri fuera el mejor lugar para equivocarme. Me daba la impresión de que él quería verme triunfar y tal vez me perdonaría un error si no era demasiado grande.

Decidí arriesgarme. Cuando Yurinuri terminó de escribir la siguiente ecuación en la pantalla, levanté la mano y él echó la cabeza hacia atrás, sorprendido.

—¿Humano Lan? ¿Puedes resolver el *urm*?

—¡Puedo intentarlo, señor! —Me puse de pie y, lentamente, avancé al frente del salón dando pasos largos y doblando mucho las rodillas para luego dar unos pequeños saltitos como hacían los zhuris.

Escuché el silbido bajo de unos susurros a mis espaldas, pero no hubo ningún olor. Al parecer no entendieron el chiste.

Yurinuri me pasó el marcador láser. Me quedé frente a la pantalla observando los garabatos y rayones sin sentido de las matemáticas zhuris.

«Y ahora ¿qué?».

Dibujé un mono de palitos y bolitas, con ondas como cabello y rayas para simular la boca y los ojos.

—¿Qué hace? —dijo alguien detrás de mí.

—¡Eso ni siquiera es un número! —chirrió alguien más.

Dibujé un ororo caricaturizado y luego un krik con unos dientes tan grandes que se le veían ridículos.

Pero aún no había ningún olor. No estaba funcionando. Me puse rojo por la vergüenza.

—Creo que no entendiste la clase, humano Lan —dijo Yurinuri.

—¡Perdón! Todos deben estar de acuerdo en que no soy bueno para esto.

—Pero todos estamos de acuerdo en que es importante intentarlo —aclaró Yurinuri—. Gracias por hacerlo. Por favor, vuelve a tu lugar.

Al voltearme hacia la clase percibí un poco del olor a donas.

Alguien, quizá solo uno de ellos, se estaba riendo de mí.

Entonces miré mi banco, agaché la cabeza con un exagerado gesto de decepción y volví a imitar los curiosos pasitos de los zhuris.

Se escucharon unos zumbidos más.

Y volví a percibir el olorcillo a donas.

«¡Está funcionando!».

Estaba a solo unos pasos de mi asiento. Delante y a mi izquierda había un chico zhuri con sus largas y delgadas piernas estiradas, apenas invadiendo mi camino.

«Les encantó cómo me tropecé ayer». Era la forma más vieja, tonta y fácil de hacer reír.

Y la puse a prueba.

En mi siguiente paso coloqué el pie justo frente a la pierna del chico, que la empezó a levantar para quitarla de mi camino, pero rápido di otro paso, levanté el pie y lo choqué contra su pierna mientras la movía.

La gravedad y la física se encargaron del resto. Perdí el equilibrio, sacudí los brazos a lo loco, me estrellé contra mi banco, haciendo que se fuera de lado, y terminé en el suelo, dándome directo en el hombro. Por suerte, el suelo estaba hecho del mismo material esponjoso que había en nuestra casa; de otro modo me hubiera lastimado horrible.

A mi alrededor estallaron los zumbidos de sorpresa.

—¿Te lastimaste, humano Lan? —gritó Yurinuri.

Me levanté de un salto, esforzándome por parecer avergonzado.

—¡Perdón! ¡Tampoco soy bueno para caminar!

Levanté mi banca y me senté.

Luego inhalé el delicioso y dulce aroma de la risa zhuri.

—Limpien el aire, chicos —les advirtió Yurinuri—. No queremos ofender al humano Lan. Fue un accidente.

Pero no fue un accidente. Y no estaba ofendido.

Estaba feliz.

«¡Los hice reír!».

De algún modo, eso nos iba a ayudar. Solo necesitaba descubrir cómo.

17

UNA CAÍDA DEMASIADO PROFUNDA

—TENGO UNA pregunta —dije mientras me sentaba con Marf y Ezger en la cafetería llena de gente.

—Yo también —anunció Marf—. ¿Dónde está tu hermana?

—Tirada en la cama.

—¿Está mal?

—Depende de qué quieras decir con mal. Tiene días buenos y días malos.

—¿Qué puede hacer que sus días mejoren?

—No lo sé. ¿Volver a la Tierra con una guitarra y recuperar su carrera musical?

—No entiendo nada de lo que dicen —comentó Ezger.

Mientras sacaba mis sobras de comida ororo, Marf se puso de pie.

—Disculpen.

—¿Adónde vas?

—Tengo una cita.

—¿Qué clase de cita? —pregunté.

Pero ella se fue caminando pesadamente sin responderme. Un instante después, ya estaba al otro lado de la habitación y salió por la puerta. Era increíble lo rápido que podía moverse cuando quería.

—¿Marf está enojada conmigo por algo? —le pregunté a Ezger.

—¿Por qué estaría enojada contigo?

—No sé. Me pareció que fue algo... brusca. Como si estuviera enojada.

—No creo que esté enojada. Al contrario, desde que te conoció ha estado mucho menos triste de lo normal.

Escuchar eso me agradó y me preocupó al mismo tiempo.

—¿Marf suele estar triste?

—Casi siempre está triste. Es la criatura más triste que conozco.

—¿Por qué?

—Ella te diría que es porque todos los ororos son tristes. Pero creo que es porque se siente sola. Marf es la única ororo en toda la escuela y es cientos de veces más inteligente que todos los que estamos aquí. Si me lo preguntas, eso es algo muy solitario.

—Supongo que tienes razón. —Pensándolo bien, sí parecía algo terriblemente solitario.

—¿Tenías una pregunta? Eso dijiste cuando llegaste.

—¡Ah, sí! ¿Es ilegal hacer reír a la gente?

—¿Como hiciste reír a la gente en el salón? ¿Cuando te tropezaste? ¿Lo hiciste a propósito?

Eché una mirada sobre mi hombro hacia el soldado. Estaba comiendo su almuerzo con el arma sobre el regazo.

—¡Claro que no! —dije, asegurándome de gritar lo suficiente para que me escuchara—. Fue un accidente. Solo soy torpe.

—No es ilegal ser torpe —me aseguró Ezger—. Solo es vergonzoso. Y casi todos los zhuris te dirían que es muy grosero hacer reír a la gente. Pero eso no significa que sea ilegal.

—¿A ti te gusta reír? —le pregunté.

—No creo. Nunca lo he hecho.

—A mí me parece que es genial.

—No se ve muy genial. Cuando Marf se ríe, parece que le está dando algo.

Después de eso comimos en silencio, salvo por el sonido que hacía el almuerzo de Ezger dándole de golpes en la cara en tanto se lo comía.

Mientras comía mis sobras de comida ororo, observé a los chicos zhuris que esperaban en la fila para los grifos, al otro lado del lugar. La mayoría estaban quietos, pero los más desesperados aleteaban de vez en vez, elevándose a unos centímetros del suelo. Una vez que los chicos llenaban su vaso, algunos caminaban a las bancas, pero otros se echaban a volar y preferían beberse su almuerzo flotando en grupos que llenaban la cafetería hasta el altísimo techo de cristal.

Uno de los grupos de zhuris voladores más cercanos parecía estar mirándome. Me preguntaba si solo era mi imaginación cuando uno de ellos se separó del grupo y voló hasta quedar frente a mí. Al acercarse, me di cuenta de que era Iruu.

—¡Hola, Lan!

—¡Hola, Iruu! ¿Conoces a mi amigo Ezger?

—No lo conozco —dijo Iruu.

—Ni yo a él —agregó Ezger.

Y no parecían interesados en conocerse. Estaba pensando en cómo hacer que la situación fuera menos incómoda cuando Iruu cambió de tema.

—Me contaron que caminaste como un zhuri en clase y que fue muy divertido.

—Pero ¡no fue a propósito! —mentí—. Solo pasó.

—¿Puedes hacer que pase de nuevo? ¿Me lo puedes mostrar?

El grupo de zhuris voladores del que salió seguía mirándome. También otros zhuris de los grupos que estaban cerca.

Eché un vistazo por el lugar. El camino hacia el grifo más cercano estaba despejado.

El corazón me empezó a latir a toda velocidad.

«¿Lo hago?».

Dejé el contenedor con mi comida y me levanté.

—Ahora vuelvo —le dije a Ezger.

Iruu aleteó emocionado. Ya empezaba a soltar el olor a donas.

Comencé a caminar con saltitos exagerados hacia el grifo más cercano. Conforme pasaba junto a los distintos grupos de zhuris, más y más cabezas volteaban a mirarme. Alcancé a percibir un poco de miedo e incluso algo de ira, pero en general olía a donas.

Di unos enormes pasos hasta el final de una fila corta, sacudiendo mi torso y elevándome con saltitos como un zhuri ansioso.

El chico que estaba enfrente de mí volteó a verme.

—¿Qué haces, humano? —chilló.

—¡Ah, hola! —le dije—. ¡Vengo por mi almuerzo!

Tomó su bebida y se fue volando. Yo di otro paso hacia el grifo. Estaba hecho para alguien mucho más alto y con brazos más largos que los míos, así que tuve que ponerme de puntillas para alcanzar un vaso de la pila que estaba al fondo del comedero. Pero logré tomar uno y llenarlo sin gran problema, pues el grifo estaba suficientemente cerca.

El olor a calcetines sucios de la comida me dio ganas de vomitar, pero me obligué a sonreír al darme la vuelta.

Todos los zhuris que alcanzaba a ver me estaban mirando: mil ojos compuestos, en todas direcciones, todos brillando.

Me alejé del grifo con un paso largo y saltarín. El dulce olor a donas cada vez se hacía más fuerte y el clásico zumbido de las pláticas en la cafetería se había convertido en un susurro. Todos estaban esperando a ver qué haría después.

Despacio, llevé el vaso a mi cara y metí la nariz en él.

Había planeado darle vueltas al líquido con mi nariz, como había visto que hacían los zhuris con sus bocas tubulares. Pero no tuve en cuenta lo fuerte que era la peste de la comida. Apenas había metido la nariz cuando sentí una arcada y tuve que echar la cabeza hacia atrás, derramando un poco de la comida en el suelo.

Escuché que la gente comenzaba a hablar y el olor a risa me llegó de todas partes.

Estaba saliendo mejor de lo que esperaba. Solo tenía que confiar en que pudiera dar el siguiente paso sin vomitar.

«No lo pienses. Hazlo y ya».

Me llevé el vaso a la boca, me obligué a abrir los labios, di un enorme trago y lo escupí con todas mis fuerzas.

Los zhuris que estaban más cerca se echaron hacia atrás para evitar que les cayera encima mi comida y todos se pusieron a zumbar.

Les encantó. El lugar ya empezaba a oler como una fábrica de donas.

Pude haberme detenido ahí y habría sido un triunfo. Pero, cuando los zhuris se quitaron para que no les cayera lo que escupí, dejaron un camino abierto frente a mí. Estaba vacío, salvo por unas cuantas sillas. Vi un banco a unos metros delante de mí. Un gran grupo de zhuris revoloteaba metro y medio arriba.

Era el escenario perfecto para una gran y ridícula caída.

Avancé con unos pasos tan anchos que pude sentir cómo se me tensaban los tendones de las piernas. Mi apestosa bebida se estaba tirando del vaso y me corría por el brazo. Casi al llegar a la silla vacía, acorté mis pasos, me subí al asiento y brinqué hacia arriba, sacudiendo los brazos como si fueran las alas de un zhuri.

No me elevé tanto como esperaba, pues se me había olvidado lo fuerte que es la gravedad en Chum y, cuando azoté contra el suelo, caí sobre mi cadera con tanta fuerza que reboté. Una lluvia de líquido apestoso cayó sobre mí junto con mi vaso, que me dio en el brazo.

Habría sido más gracioso que me hubiera caído en la cabeza.

Pero de todos modos fue muy chistoso. La multitud prácticamente estaba gritando de alegría.

—¡¿Viste eso?!

—¡Aaay!

—¡No lo vi venir!

Nunca había olido algo tan delicioso como las donas de la risa. Intenté ponerme de pie de un salto, pero me dolía mucho la cadera por la caída, así que más bien lo hice con torpeza y me di la vuelta, sonriendo de oreja a oreja. La multitud zhuri se abrió para dejarme pasar hacia donde estaban Iruu y Ezger.

Y, de pronto, el guardia se apareció frente a mí, con la punta de su arma metálica dirigida hacia mi pecho.

«Si no se anda con cuidado, podría lastimar a alguien», pensé.

Aún estaba pensando en eso cuando me la encajó debajo del cuello y cientos de voltios de electricidad me recorrieron el cuerpo.

No fue agradable.

No fue para nada agradable.

Por suerte, me desmayé antes de alcanzar a sentir todo el dolor.

18

MENSAJES CONFUSOS

DE PRONTO DESPERTÉ de espaldas, con un terrible dolor de cabeza y mirando un techo beige con seis lados.

«¿Por qué todo en este planeta es beige y con seis lados?», fue lo primero que pensé.

«¿Por qué me siento como si me acabara de atropellar un camión?», fue lo segundo.

Un zhuri apareció en mi campo de visión, acercándose a mí desde mis pies. Me encogí de miedo al verlo, pero no estaba armado. Entonces me di cuenta de que era el director.

—¿Me puedes entender, humano Lan?

—Sí. —Aún traía el audífono en la oreja y la pantalla seguía en mi bolsillo—. Lamento mucho… —Intenté incorporarme, pero de inmediato me volví a acostar por el mareo.

—Es mejor que permanezcas acostado en el suelo hasta que se te pasen los efectos del disruptor neuronal.

No me opuse. Observé a mi alrededor lo más que pude sin levantarme. Estaba en medio de lo que debía ser su oficina. Cuando incliné la cabeza, junto a la puerta vi al guardia que me dio la descarga eléctrica. Aún tenía el arma entre las manos y verlo me reactivó el miedo.

—Quiero preguntarte algo, humano Lan —dijo el director, que seguía junto a mis pies—. ¿Cuáles eran tus intenciones al tomar la comida zhuri y saltar del banco?

No quería mentirle, pero, con el guardia ahí, decir la verdad me pareció una mala opción.

—Quería encajar. Hacer lo que hacen los zhuris. Ahora entiendo que eso es imposible. ¡Lo siento mucho! No volveré a intentarlo nunca.

El director asintió. Luego levantó la cabeza para mirar al guardia.

—Como lo sospeché. El humano no quería provocar olor. Tu acción fue innecesaria y solo hizo daño.

—Eso es lo que dice el humano —respondió el guardia—, pero sospecho que no dice la verdad. Creo que intentaba hacer que los estudiantes zhuris produjeran olor.

—Todos estamos de acuerdo en que el jefe de educación tiene la mayor autoridad dentro de esta academia.

El guardia se frotó las alas.

—Sí. Todos estamos de acuerdo en que eso es verdad.

—Como jefe de educación, he decidido que ya no se necesita que la División Ejecutiva vigile al humano mientras esté dentro de la academia.

—Tengo órdenes de acompañar al humano adonde vaya.

—Y puedes seguir acompañándolo hasta la puerta, pero ya no podrás entrar. Como jefe de educación, creo que es un problema para los estudiantes que estés en la escuela. Vete y espera en la entrada. Podrás seguir tu guardia cuando el humano termine las clases.

«Wow». El director estaba de mi lado.

El guardia se frotó las alas con tanta fuerza que sentí que se las iba a arrancar.

—Todos estamos de acuerdo en que debo reportarles esta orden a mis superiores en la División Ejecutiva —dijo.

—Claro —reconoció el director—. Vete a hacer tu reporte. Después de todo, no tienes nada más que hacer hasta que termine el día escolar.

El guardia se fue, pero de malas.

—Gracias, señor —dije.

—De nada. Te ofrezco mis más sinceras disculpas por este accidente.

Me incorporé, manteniendo ambas manos apoyadas en el suelo para no perder el equilibrio. Sentía como si el cuarto estuviera dando vueltas.

—No es necesario que te levantes si no te sientes bien. Puedes quedarte aquí acostado el tiempo que sea necesario.

—Gracias de nuevo, señor.

Vi cómo se iba al otro lado de la habitación, donde había un banco y una enorme pantalla sobre una plataforma que parecía un escritorio. Se sentó en el banco y se puso a dar unos toques en la pantalla.

—¿Puedo hacerle una pregunta? —dije, tras pensarlo un poco.

—Claro.

—Sé que no está bien provocar que los demás produzcan olor. Pero ¿por qué?

—Es una pregunta complicada —me respondió— y tiene distintas respuestas. Todos estamos de acuerdo en que el olor causa problemas. —Hizo una larga pausa, frotándose las alas lentamente—. Pero algunos creen que no todos los olores son igual de problemáticos. De hecho... algunos incluso creen...

Esperé a que terminara su oración, pero no lo hizo. Solo dejó de mirarme y volvió a dar golpecitos en su pantalla.

La habitación seguía dando vueltas, así que cerré los ojos y descansé la cabeza en el suelo. Me sentía muy mal, pero intenté ignorar el dolor para poder pensar.

Por fin volví a incorporarme.

—¿Puedo preguntarle algo más?

—Sí.

—Mi maestro... digo, mi especialista en educación... quiere que haga una presentación sobre los humanos para que mis compañeros puedan entendernos mejor.

—Me parece una idea excelente. Sería muy educativo.

—¡Eso espero! Aunque… ¿qué pasa si mi presentación produce olor? Accidentalmente, claro. ¿Sería un problema?

El director se me quedó viendo por un momento antes de responder.

—Todos estamos de acuerdo en que los accidentes no se pueden evitar. Mientras el propósito de tu presentación sea educativo, no debes preocuparte.

—¿Y si mi presentación tuviera partes de algunos videos que son entretenidos para los humanos? Como, por ejemplo, programas de televisión que nos hacen reír.

—¿Cuál sería el propósito de mostrar esos videos? ¿Sería para entretener? ¿O para educar?

—¡Para educar, señor! —dije y asentí para darles énfasis a mis palabras—. Para mostrarles a los zhuris qué clase de cosas les gustan a los humanos.

—Mientras tu propósito sea la educación, tienes mi apoyo. Y estoy seguro de que también el de tu especialista en educación.

Sonreí pese al dolor de cabeza. «¡Lo logré!».

Pasé el resto del día escolar tumbado en el suelo de la oficina del director, mientras el dolor de cabeza y el mareo me bajaban lentamente. Aproveché el tiempo para pensar en ideas para mi «Presentación escolar que podría ayudar a salvar a la raza humana».

O, si el veto del director a mi guardia armado no funcionaba, la «Presentación escolar que podría ganarme una descarga eléctrica peor que la de hace rato».

PARA CUANDO TERMINÓ el día escolar, ya casi me había recuperado, aunque aún no podía caminar derecho por el mareo. Cuando salí de la oficina del director, el vestíbulo estaba lleno de chicos zhuris. Por primera vez no olí miedo en ninguno de ellos.

Lo que olí fueron donas.

—¡Camina como hace rato! —gritó alguien.

—¡Intenta volar otra vez! —chirrió otro.

Yo solo les sonreí mientras avanzaba hacia la salida.

Sin duda, algo estaba logrando con mi comedia.

Pero ese «algo» era peligroso. Cuando salí, mi guardia me estaba esperado. Solía tener su arma a un costado y apuntando hacia el piso, pero, mientras me seguía a nuestra nave, la mantuvo contra su pecho, solo un poco inclinada hacia mí. Fue una actitud tan hostil que, cuando nos subimos a la nave, me pregunté si iba a sobrevivir al viaje.

Por suerte se acomodó en su lugar de siempre y, fuera de que mantuvo su arma apuntada, simplemente me ignoró. Cuando al fin sentí suficiente seguridad, saqué mi pantalla y le envié un largo mensaje a Naya.

Hola! Necesito UN FAVOR ENORME URGENTE: puedes buscar en el archivo de la nave y mandarme mínimo los 10 mejores momentos de comedia física/de pastelazo que se te ocurran? La escena de Ed & Fred cuando Ed vomita sobre Fred durante 30 segundos (en Bonehedz, cuando Howie se cae de un balcón), también videos de internet, como en los que la canasta de básquet se le cae encima a un chico insoportable, o cualquier otro que se te ocurra. Más tontos y más caídas = mejor. Es difícil de explicar, pero es MUY importante. No me mandes películas/programas completos, solo partes. Podrías pedirles a otros que te digan sus favoritos.

POR FAVOR MÁNDALOS RÁPIDO!!! LOS NECESITO PARA EN LA NOCHE!! GRACIAS!!!

Guau, guau

Luego de mandar el mensaje, apunté en mi pantalla algunas ideas para lo que decidí llamar

¡Conozcan a los humanos! Iba a ser el video prohumanos más divertido en la historia de todos los planetas. Todos los zhuris que lo vieran se orinarían en sus pantalones —o nada más se orinarían, porque no usaban pantalones— de tanta risa.

Cuando el video estuviera listo, tendría que averiguar cómo mostrárselo a todo el planeta sin que provocar que me arrestaran o me echaran de Chum.

Sospechaba que Marf me podría ayudar con eso. Quizá hasta podría conseguirle dinero. Así que, cuando nuestra casa entró en mi campo de visión y noté que la nave de Marf ya estaba estacionada afuera, me levanté de un salto de mi asiento.

Para cuando aterrizamos, yo ya estaba en la puerta, con las ansias de salir en cuanto pudiera. De algún modo, logré olvidarme del soldado que me electrocutó durante el almuerzo, aunque seguía a unos metros de mí.

Mientras se abría la puerta escuché su voz chillona.

—Todos estamos de acuerdo en que les queda poco tiempo.

Me volteé a mirarlo. Estaba tan cerca que podía ver los destellos que se reflejaban sobre mi rostro desde sus ojos compuestos.

—Tu especie se irá de aquí —dijo—. Antes de lo que crees.

—Que tenga buen día, señor —logré responderle. Luego corrí a mi casa tan rápido como me fue posible.

AL ENTRAR ESPERABA ver a Marf y a Ila. Sin embargo, el lugar estaba vacío, salvo por unos contenedores de comida ororo sobre la mesa del comedor.

—¿Hola? ¿Hoooolaaa?

La puerta del cuarto de Ila estaba abierta y mi hermana salió corriendo de ahí. Marf apareció detrás de ella con una bolsa de herramientas.

—¡Hola! ¿Qué tal estuvo la escuela? —Ila casi se abalanzó hacia la comida en la mesa.

—¿Qué estaban haciendo en tu habitación?

—Nada. Marf quería verla. —Se echó un trozo de comida ororo morada a la boca.

Algo raro estaba pasando. Marf pasó junto a mí en su camino hacia la puerta.

—¿Puedo hablarte de algo importante? —le pregunté.

—Tengo mucha prisa —dijo—. Pero tengo algo para ti. ¿Podemos hablar en mi nave?

—Claro que sí. —La seguí más allá de los guardias que vigilaban nuestra entrada—. ¿Por qué tienes tanta prisa?

—Porque a veces las cosas ocurren más rápido de lo que quisiéramos.

—¿Qué cosas?

—¡Alto! ¡El humano no puede abordar la nave sin permiso! —Los guardias venían hacia nosotros con las armas listas.

—El humano no irá a ninguna parte —les informó Marf. Luego se volteó hacia mí—. Espérame aquí. —Desapareció al interior de su nave por unos segundos. Cuando regresó, traía el robot krik que nos había mostrado la noche anterior. Me lo entregó.

—Quiero que tú lo tengas.

—¿Por qué? —Miré sus enormes ojos oscuros y, por primera vez, vi la tristeza de la que me habló Ezger.

—Porque, si no volvemos a vernos, quiero que tengas algo que te ayude a recordarme.

Sentí un escalofrío que me recorría todo el cuerpo.

—¿De qué hablas? ¿Por qué no volveríamos a vernos?

En vez de responderme, Marf me señaló el robot que ya estaba en mis manos.

—El interruptor para encenderlo y apagarlo está detrás de su cuello. No lo dejes prendido, porque se comería todos tus aparatos electrónicos. —Se dio la vuelta para quedar de frente a la puerta de la nave.

—¡Espera! ¡Marf! ¡Ya me asustaste!

—Adiós, Lan. ¡Disfruto mucho tu compañía! Pero debo irme.

—¡Espera! ¿Adónde…?

Cerró la puerta antes de que pudiera terminar mi pregunta. Dos segundos después, la nave salió volando como un cohete silencioso. Cruzó el cerco con un ¡bssst! ensordecedor, se detuvo a medio vuelo y se lanzó hacia el centro de la ciudad.

Observé entre mis manos el krik plateado, que me devolvió la mirada con sus ojos sin vida. El miedo seguía creciendo. Volví a mi casa.

Ila estaba junto a la mesa, comiendo comida ororo y tamborileando los dedos al ritmo de una canción en su cabeza.

—¿Qué diablos está pasando? —le pregunté.

—Nada. ¿Tú qué traes? —dijo con la boca llena.

—¿Adónde iba Marf? ¿Y por qué estaban en tu cuarto?

—Solo quería verlo, ¿o qué crees? ¿Que nos estábamos besando?

En ese momento, mi pantalla anunció un mensaje de mamá:

Qué pasó hoy en la escuela????

Escribí una respuesta breve:

Es largo de contar. Te lo explico cuando vuelvas. Pero hay buenas noticias!

Luego retomé el interrogatorio a mi hermana.

—¿Qué está pasando, Ila?

—¡Nada! —dijo, con un gesto de hartazgo—. ¿Por qué tanta paranoia?

Mi pantalla sonó de nuevo. Cuando vi la respuesta de mamá, sentí cómo se me apachurraba el corazón.

No son buenas noticias. Prende la TV.

19

LA PUERTA
EN EL SUELO

CORRÍ AL SOFÁ y encendí la televisión para ver las noticias. Estaban pasando un segmento sobre la construcción de una especie de panal que el Gobierno Unificado acababa de anunciar.

—¿Qué pasa? —preguntó Ila.

—Aún no lo sé. Espera.

No tuvimos que esperar mucho. El siguiente segmento comenzó con una toma de mi escuela.

—Hoy se dio un suceso perturbador en el experimento de inmigración humana del Gobierno Unificado. Los niños de la Academia Interespecie Iseeyii fueron aterrorizados durante su nutrición de mediodía cuando un joven humano se salió de control.

De seguro había un dron en alguna parte del comedor, porque la tele mostró una imagen de mala calidad de mi salto sobre el banco. En la toma se alcanzaba a ver las patas de unos zhuris que estaban volando sobre mí y, como lo proyectaron en cámara lenta, la forma en que sacudí mi mano libre daba la impresión de que estaba intentando agarrarle la pata a alguno de los chicos.

Lo peor era que, con el sonido en baja velocidad, los gritos de alegría de la gente en el comedor más bien parecían chillidos horrorizados.

—Sin previo aviso, este violento y primitivo animal se lanzó contra un niño zhuri indefenso e intentó tirarlo al suelo.

—¡Eso no fue lo que pasó! —le grité a la pantalla. Mi miedo se estaba convirtiendo en pánico.

—El jefe de educación de Iseeyii expresó su sorpresa y preocupación por este acto de violencia.

La imagen cambió a una entrevista con el director frente a la puerta de la escuela.

—Fue algo innecesario y que solo hizo daño —dijo el director—. Por el bien de todos nuestros estudiantes, he tomado acciones para cambiar nuestros acuerdos de seguridad al...

Su entrevista terminó a media frase y la imagen cambió de nuevo al clip de una vieja película de terror de la Tierra, en la que un hombre con cuchillas en vez de dedos corretea a un adolescente que va gritando.

—Por el momento, no se sabe si las nuevas medidas de seguridad incluirán vetarles la entrada a la escuela a los animales humanos.

—¡Eso no fue lo que dijo! ¡Estaba hablando sobre el guardia!

—En cualquier caso, la presencia de los humanos en Chum podría terminar pronto, incluso mañana.

La imagen cambió a un grupo de zhuris mayores, liderados por el jefe con puntos muertos en los ojos, que iba saliendo de una nave para entrar a un edificio.

—En respuesta a los recientes actos de violencia, el jefe llamó a una junta de emergencia con los representantes de la División de Inmigración. La junta se llevará a cabo por la mañana, y todos estamos de acuerdo en que el Gobierno Unificado estaría cometiendo un error al no anunciar el fin del experimento humano.

Ila me miró horrorizada.

—¿Qué hiciste?

Sentía como si el cuerpo se me hubiera vuelto de gelatina. Lo único que pude hacer fue negar con la cabeza.

—Nada más los hice reír.

—TIENEN QUE entender —les dije a mis padres por tercera vez— que a todos les encantó. ¡Y el director estaba de mi lado! ¡Prácticamente me dijo que hiciera un video! ¡Con comedia! ¡Toda esa noticia fue una mentira!

—Lo sé —respondió mamá mientras se untaba un poco de la crema antiveneno de Hunf en el brazo—. Por desgracia, fue una mentira efectiva.

Para cuando mis papás terminaron sus jornadas laborales, ya había enormes protestas antihumanos afuera de sus lugares de trabajo y a mamá le cayó encima un chorro de veneno. Las noticias en la televisión dijeron que los manifestantes eran más evidencia de que estábamos causando desacuerdos, aunque en realidad lo que provocó las protestas fueron las mentiras que se dijeron en televisión sobre lo que hice en la cafetería.

En las noticias seguían repitiendo una y otra vez esas mentiras y, entre más las pasaban, peores se ponían las protestas. A juzgar por los chirridos que alcanzábamos a escuchar mientras nos sentamos a comer, había al menos mil zhuris furiosos afuera de nuestra zona habitacional.

—Perdón. —Se me llenaron de lágrimas los ojos—. Todo esto es mi culpa.

Mi mamá se estiró sobre la mesa para tomarme de la mano.

—No es tu culpa. Te ganaste a todos los chicos de la escuela. Eso es bueno. Y no todos les creen a las noticias. Leeni está de nuestro lado y presiento que no es el único. Creo que hay mucha gente en la División de Inmigración que quiere darnos una oportunidad.

—El problema es —dijo papá—: ¿van a tener el valor de defendernos mañana en la junta? ¿O «todos estarán de acuerdo» en que debemos irnos?

—No lo sé —reconoció mamá—. No estoy segura de cuánta influencia tiene Inmigración dentro del gobierno. Parece que la División Ejecutiva es donde está el poder.

—El anciano que vino a la cena es el líder de los ejecutivos, ¿verdad? —preguntó Ila—. ¿El que tiene puntos muertos en los ojos? ¿El que dijo que el arte es veneno?

Mamá y papá asintieron.

—Y mañana en la junta —continuó Ila—, ¿él va a decidir si nos vamos o nos quedamos?

—Desafortunadamente, parece que sí —le respondió papá.

Mi pantalla anunció un mensaje. Era de Naya.

> Aquí van los mejores clips que pude encontrar. PARA QUÉ LOS QUIERES??
> Te perdimos!!
>
> Guau, guau

Junto al mensaje me llegó una docena de archivos.

—Naya me acaba de mandar los videos —anuncié. Ya les había explicado mi idea para *¡Conozcan a los humanos!* y mis papás estuvieron de acuerdo en que valía la pena intentarlo.

—Ponte a trabajar en el video —me dijo mamá—. Tu padre y yo pensaremos cómo hacer que lo vea el público zhuri. Será riesgoso y no nos queda mucho tiempo. Pero quizá Leeni esté dispuesto a ayudarnos.

—Buscaré a Marf antes de clases para pedírselo a ella también —dije.

Mamá y papá me miraron sin comprender.

—¿Cómo te puede ayudar Marf?

—No sé bien. Nunca me da respuestas claras. Pero ayer... —Hice una pausa—. Me hizo jurar que no se los diría, pero tiene una especie de negocio ilegal. Me ofreció mucho dinero por mis videos de *Los Birdley*. Al principio pensé que quería revendérselos a otros ororos, pero ahora creo que quizá se los quería vender a los zhuris. Tal vez ella pueda ayudarnos a distribuir el video entre la gente.

—¿Cuánto dinero te ofreció? —preguntó Ila.

—Creo que cuatrocientos rhee por capítulo.

—¿Nada más? —Ila se mordió el labio.

—¿Cómo que «nada más»?

—A mí me dio cinco mil.

—¡¿Qué?!

Ila buscó algo en su bolsillo y sacó un disco metálico lleno de circuitos. Nos lo mostró sobre la palma de su mano.

—Supuestamente hay un montón de dinero en este chip. A menos que Marf me haya mentido.

Mamá estaba en *shock*. Todos lo estábamos.

—¿A cambio de qué te dio Marf los cinco mil rhee?

—De tocarle una canción. —Ila se levantó—. Hay algo que debo mostrarles.

. . .

Ila nos llevó a su habitación.

—Perdón por no habérselos dicho antes. No quería que se me salara. —Abrió uno de los cajones de abajo en la pared. Estaba vacío, pero se agachó y buscó algo con los dedos en la parte de arriba.

—Ay, no. ¿Dónde está...? ¡Aquí! —Presionó un botón que no alcanzábamos a ver. A unos metros, una puertita de casi un metro cuadrado se abrió en el suelo.

—Pero qué... —exclamó papá.

Ila metió la mano en el compartimiento secreto y sacó una guitarra acústica. El cuerpo estaba hecho de una especie de plástico rojo y sus cuerdas eran cables dorados.

Se llevó la guitarra a la cama y se sentó con el instrumento sobre el regazo. Su cara estaba iluminada por la alegría. No había visto esa expresión en Ila desde que nos fuimos de la Tierra. Fue como si de pronto hubiera redescubierto su razón de vivir.

—Me tardé muchísimo en afinarla —dijo, tocando unos acordes con mucho cuidado—. Y Marf tuvo que reconstruir el puente un par de veces. Pero ahora suena muy bien. Toqué «World turning round» y ella me grabó con una de esas cámaras voladoras. Luego construyó este compartimiento para esconder la gui-

242

tarra. Dijo que podía quedármela si no se lo decía a nadie.

—¿Cuánto tiempo estuvo aquí? —le pregunté.

—Unas horas. Llegó al mediodía.

O sea que aquí es adonde vino Marf cuando nos dejó en la cafetería.

—Es maravilloso —dijo mamá con expresión aún sorprendida.

Papá asintió.

—Y explica algo… o eso creo.

—¿Qué?

— Hoy en el trabajo se me acercó uno de los supervisores zhuris. Estaba susurrando, como si no quisiera que alguien lo escuchara. Dijo: «¿Tú puedes hacer el sonido?». Cuando le pregunté cuál sonido, se asustó y se fue. Creo que se refería a la música. Pero esto debió ser antes de que Marf te grabara hoy.

—Ya tenía mis videos de *Cantante Pop* —le aclaró Ila—. Los sacó de mi pantalla cuando se la robó a Lan. Por eso toqué «World turning round» para ella, porque, cuando me dio la guitarra, comencé a tocar «Bajo un cielo azul», pero dijo que esa ya la tenía.

—Apuesto a que ya les vendió los videos de *Cantante Pop* a todos —dijo papá— y el tipo de mi trabajo de seguro vio alguno. Debe haberle encantado, si no, no se me hubiera acercado para eso.

Mamá me miró.

—¿Puedes comunicarte con Marf? ¿Ahora mismo?

Negué con la cabeza.

—No sé cómo contactarla. O la veo en la escuela o viene para acá. —Miré a Ila—. ¿Y tú? ¿Sabes cómo encontrarla?

Ila también negó con la cabeza.

—Dijo que vendría a verme cuando necesitara otro video.

—¿Alguien recuerda cómo llegar a su casa? —preguntó mamá.

—Lo único que vimos fue un borrón —dijo papá—. Íbamos demasiado rápido. Y de regreso estaba oscuro y no se veía nada.

—Quizá los guardias de afuera sepan. —Mamá se dio la vuelta y fue hacia la puerta—. Les diré que necesitamos más de la crema antiveneno de los padres de Marf. Quizá nos lleven.

Para sorpresa de nadie, los guardias no nos llevaron. Tampoco respondieron las preguntas de mamá sobre cómo llegar a la casa de Marf o cómo contactar a Leeni para pedirle ayuda.

—Leeni quedó en venir mañana por la mañana —nos dijo mamá—. Hasta entonces, no sé qué podemos hacer.

—Puedo buscar a Marf antes de que comiencen las clases —ofrecí.

—Eso no nos deja mucho tiempo. El gobierno tendrá su reunión por la mañana. —Mamá suspiró—. Pero supongo que es lo único que podemos hacer. —Se volvió hacia mí—. Ponte a trabajar en el video.

—Las imágenes de gente tropezándose no nos van a salvar —me dijo Ila—, deberías hacer un video con música y no con comedia.

—No —aclaró mamá—. Deberíamos hacer uno con las dos cosas.

LOS CUATRO TRABAJAMOS en el video, encorvados sobre mi pantalla en la mesa del comedor, hasta entrada la noche. Cuando terminamos, *¡Conozcan a los humanos!* era un video de noventa segundos de excelente comedia de pastelazo seguidos de la conmovedora versión de Ila de «Bajo un cielo azul» en *Cantante Pop*. El programa no tenía nada que ver con la comedia, pero de alguna extraña manera encajaba muy bien.

—¿Seguros de que no deberíamos usar otra canción? —preguntó Ila—. O sea, si la gente ya escuchó esta…

Papá la interrumpió.

—Cariño, si todo el planeta ya hubiera escuchado tu canción, no tendrían una junta para echarnos de aquí. Estarían golpeando nuestra puerta para darnos guitarras gratis.

«O echándonos a la cárcel», pensé. Pero no lo dije en voz alta.

—Confía en nosotros, linda. Lo mejor es tocar la canción que ya fue un éxito —le dijo mamá.

—Es bueno, ¿verdad? —pregunté—. ¿Es un buen video?

—Es más que bueno —me aseguró mamá—. Solo tenemos que mostrárselos a los demás sin que el gobierno lo censure. Pero no hay nada que podamos hacer respecto a eso hasta mañana. Vámonos a dormir.

Por más nervios que sentía, había sido un día agotador y el automasaje del colchón hizo su magia. En unos minutos ya me había dormido profundamente.

Una hora antes del amanecer desperté con los gritos de los soldados zhuris y sus armas eléctricas apuntándome a la cara.

20

TODOS ESTAMOS DE ACUERDO (MENOS CUANDO NO)

—¡YEEEHHHHEEEE!

—¡Reeeehhheeee!

—¡Heereeyeeeheee!

Aunque gritaban con todas sus fuerzas, no entendí ni una sola palabra. Mi audífono y mi pantalla estaban junto a la cama. Cuando intenté tomarlos, uno de los soldados puso las puntas de su arma tan cerca de mi oreja que sentí cómo se me erizaban los pelos.

—¡Perdón! —Levanté las manos.

Con una seña de sus armas me indicaron que me levantara de la cama.

Lo hice. Me volvieron a gritar.

—¡No los entiendo! Puedo, por favor... —Con la mano temblando por el miedo señalé hacia mi pantalla por segunda vez. Ahora los tres me apuntaron a la cara con sus armas.

—¡Por favor! ¡Es para hablar! ¡Para entenderlos!

O no lo comprendían o no les importó. Solo me hicieron señas para que saliera de la habitación. Hice lo que me pedían.

El resto de mi familia ya estaba en la sala, recibiendo los gritos de otros soldados. Había una docena y todos tenían las armas apuntadas hacia nosotros. Claramente, uno estaba a cargo, pues los otros se detenían cuando él empezaba a gritar.

Mamá intentaba razonar con ellos. Papá tenía un brazo sobre los hombros de Ila, procurando consolarla. Yo solo trataba de no moverme, con la esperanza de que nadie nos electrocutara.

El líder asignó a un soldado para vigilarnos a cada uno de nosotros y luego envió a los demás a revisar nuestras habitaciones. Mientras los escuchábamos abriendo cajones, el líder dirigió sus gritos a mamá.

Ella solo negaba con la cabeza.

—Por favor. No entiendo... Necesito mi pantalla... Por favor.

El líder al fin comprendió que, si quería información, tendría que dejar que mamá usara su traductor. Cuando lo hizo, pudimos comprender al menos lo que ella le respondía.

—Por favor, díganos cómo podemos ayudarlos. —Aun bajo la amenaza de ser electrocutada, mamá no perdió su tono de «¿ven lo razonable y pacífica que soy?»—. Queremos apoyarlos... Sí... No sabíamos que era ilegal... Claro que cooperaremos.

Mamá volteó para ver a Ila, que apenas había dejado de llorar.

—Quieren la guitarra, cariño.

Ila se echó a llorar de nuevo y el líder le gritó.

—No tenemos más opción —dijo mamá—, saben que está aquí. Vieron el video que grabó Marf ayer.

Mientras Ila lloraba en el sofá, papá fue a su habitación y les mostró a los soldados dónde estaba la guitarra. Uno de ellos se la llevó a la nave que tenían afuera.

Después, las cosas se tranquilizaron un poco, pero no se volvieron menos aterradoras. Los soldados llevaron nuestras pantallas a la mesa del comedor y comenzaron a buscar algo en ellas, de seguro videos, aunque no tenían ni idea de cómo manejar las interfaces humanas. Mientras tanto, el líder siguió interrogando a mamá.

—No sabíamos que estaba mal —dijo ella—. Lo sentimos mucho... Lo sentimos muchísimo. No sabíamos... Es amiga de la escuela de mi hijo menor... Se llevó la pantalla sin permiso. Cuando la devolvió, no sabíamos que había hecho copias... Nos dieron comida y medicina... No lo hubiéramos hecho, pero nadie nos dijo que estaba mal... En nuestro planeta no es malo... No. Nunca la hemos sacado de la casa...

Me pareció que el interrogatorio iba bien, pero me equivocaba. Después de un rato, dos soldados salieron de la casa y volvieron con cuatro pares de esposas tamaño tostador, como las que le pusieron a papá durante el ataque con veneno. Metieron nuestras manos en ellas, tomaron todas las pantallas y nos llevaron hacia las tres naves que ya esperaban afuera.

Todo el tiempo escuchamos gritos de los manifestantes a lo lejos, pero fue hasta que salimos al jardín que me di cuenta de cuántos eran. En cuanto aparecimos, un enjambre de miles voló encima de la subdivisión y se extendió sobre el cerco eléctrico, cubriendo casi todo arriba de nuestra casa. El aire apestaba a gasolina por la ira y los manifestantes estaban tan furiosos que el cerco se encendía en todo momento cada que intentaban cruzarlo y recibían una descarga.

Estábamos a medio camino hacia la nave que nos llevaría a quién sabe dónde cuando, de pronto, el enjambre se disipó y los manifestantes le abrieron paso a una nave que venía llegando. Pasó por el cerco con un trueno eléctrico y aterrizó a unos metros, irradiando calor desde su motor.

Un río de zhuris armados salió por la puerta gritando mientras corrían hacia nosotros con sus armas extendidas.

Cerré los ojos y pedí que no doliera demasiado.

Pero no iban contra nosotros. Sus blancos eran los soldados zhuris que nos arrestaron. Ambos grupos se enfrentaron, una docena de cada lado, gritándose y sacudiendo las alas mientras la luz azul del cerco parpadeaba bajo el escándalo del enjambre de arriba. Un fuerte olor a la leche agria del miedo comenzó a mezclarse con el de la gasolina de la ira.

La situación era tan confusa como aterradora y, cuando me di cuenta de que el sujeto a cargo de los soldados que llegaron a ayudarnos era Leeni, me confundí aún más.

—¿Qué está pasando? —le grité a papá, quien estaba más cerca de mí.

—¡No lo sé! —me respondió, también a gritos.

Mamá estaba demasiado lejos como para escucharme entre tanto ruido y temía que, si daba un paso sin permiso, podría recibir una descarga eléctrica. Así que solo me quedé ahí, con mis esposas de tostador, sin poder hacer nada, viendo el ir y venir de gritos. Las cosas siguieron así hasta que a los zhuris se les ocurrió que sería más fácil discutir adentro, donde no había un enjambre de manifestantes gritando sobre ellos.

Nos escoltaron al interior de la casa y la discusión pronto se redujo a Leeni y el líder del grupo que quería llevarnos.

Mientras se gritaban entre ellos y las dos docenas de zhuris se frotaban las alas angustiados por la disputa, mamá, que seguía siendo la única con un traductor, nos explicó lo que ocurría.

—Los soldados que nos quieren llevar son de la División Ejecutiva —dijo—. Son los que han estado montando guardias afuera de nuestra casa y acompañándonos a todos lados. Los nuevos soldados, los que acaban de llegar con Leeni, son de la División de Inmigración. Leeni dice que los soldados de la Ejecutiva no tienen derecho a arrestarnos. Dice que, mientras estemos dentro de la casa, solo Inmigración tiene autoridad para eso.

Al final, Leeni y los soldados de Inmigración ganaron el pleito. Los soldados ejecutivos nos quitaron las esposas y nos devolvieron nuestras pantallas, pero se llevaron las pantallas extra y la guitarra de Ila con ellos.

—¿Qué pasó? —pregunté cuando al fin recuperé mi audífono y podía entender lo que Leeni decía.

—La estudiante ororo ha estado vendiendo tus videos de la Tierra de manera ilegal —me explicó Leeni—. Aquellos donde sale Ila haciendo ruido con la máquina han provocado mucha emoción.

Aunque ya sospechábamos lo que Marf venía haciendo, todos fingimos sorpresa.

—¿Es malo provocar tal emoción? —preguntó papá.

Leeni lo miró por un largo rato.

—Todos estamos de acuerdo en que la emoción causa problemas. Pero algunos creen que no todas las emociones lo hacen. Algunos incluso creen que…

Y de pronto se quedó callado, igual que mi director.

—¿Qué creen algunos individuos? —insistió mamá.

Leeni se frotó las alas.

—Algunos creen que hay emociones positivas. Y que está bien provocarlas.

—¿La música provoca emociones positivas?

—Algunos creen que sí.

—¿Y la risa? —pregunté.

Leeni me miró.

—Algunos creen que eso también es positivo. —Se frotó las alas otra vez—. Pero todos estamos de acuerdo en que la División Ejecutiva no piensa así. Los de la Ejecutiva creen que esos videos con música son una amenaza para la paz del planeta. Sus fuerzas de seguridad están buscando a la joven ororo para evitar que siga difundiendo los videos. Vinieron a buscar evidencia. Además, quieren llevárselos al puerto espacial para sacarlos inmediatamente del planeta.

Se me revolvió el estómago.

—¿Pueden hacer eso? —preguntó mamá.

—Ahora todos estamos de acuerdo en que no tienen autoridad para hacerlo. Pero se fueron a pedirle una orden al jefe, con la que podrán sacarlos de aquí. Creo que volverán con esa orden en poco tiempo.

—¿Y qué pasará con la reunión de esta mañana? En la que iban a discutir nuestro caso.

—A lo mejor se cancela —dijo Leeni—, porque ya no importa. Es casi seguro que el jefe ordenará que los echen. Los pondrán en un transporte para que vuelvan a la nave humana inmediatamente.

—Leeni —mamá se acercó para quedar de frente a él—, si nos mandan de regreso a la nave, toda la especie humana va a morir.

—Lo entiendo —reconoció—. Hay quienes quisieran que no fuera así.

—Los que quisieran que sobreviviéramos... ¿qué sugieren que hagamos?

Leeni se frotó las alas.

—Es complicado. Para que se queden, todos tendrán que estar de acuerdo en que eso es lo mejor. Pero, por el momento, todos están de acuerdo en lo contrario.

—Si el pueblo zhuri pudiera ver los videos, los que provocan emociones positivas, ¿sería más probable que estuvieran de acuerdo en que los humanos deberían quedarse? —le preguntó mamá.

—Hay quienes creen que sí —dijo Leeni—. Por eso la División Ejecutiva actuó tan rápido, para evitar que los videos musicales se sigan difundiendo.

—¿Cómo podemos ayudar a que sean más vistos?

La pregunta fue demasiado para Leeni, que echó la cabeza hacia atrás como si lo hubieran golpeado y su olor a miedo llenó toda la habitación.

—Soy oficial en jefe del Gobierno Unificado —dijo—. No puedo apoyar actividades ilegales. Si yo supiera dónde están los videos, tendría que destruirlos.

Por un largo rato nadie dijo nada.

Y, de pronto, se me ocurrió algo.

—¿Y si los videos fueran educativos?

Leeni volteó a verme.

—Todos estamos de acuerdo en que, si algo es educativo, es apropiado. Pero la educación debe hacerse en la escuela.

Miré por la ventana. El cielo había comenzado a pintarse del azul verdoso de los amaneceres en Chum.

—¿Puedo ir a la escuela hoy? —le pregunté.

—La División Ejecutiva es la responsable de escoltar a los humanos menores a la escuela —dijo Leeni— y estoy seguro de que ya no lo harán. Cuando vuelvan, se los llevarán a los cuatro al puerto espacial para expulsarlos.

Mis hombros se encorvaron en un gesto de derrota y escuché cómo mamá soltaba un suspiro de frustración.

Leeni agachó la cabeza y se frotó las alas lentamente, como si estuviera sufriendo por algo. Y al fin habló.

—Pero, si quieres ir a la escuela antes de las clases —dijo—, yo puedo acompañarte ahora mismo.

21

LEVANTEN LAS MANOS

QUIÉN SABE QUÉ VACÍO LEGAL estaba aprovechando Leeni para llevarnos a Ila y a mí a la escuela, pero no aplicaba para mamá y papá, así que solo nos despidieron con un abrazo en la puerta.

—Debería quedarme con ustedes —dijo Ila.

—No, no deberías —le aclaró mamá—. Tienes que ir con Lan. No se pierdan de vista. Nos mandan mensaje si pasa algo. Nosotros haremos lo mismo.

—¿Qué van a hacer papá y tú? —le pregunté.

—Nos quedaremos un rato aquí, pensando en cómo podemos ayudar. —Mamá nos abrazó de nuevo—. Ahora, váyanse, antes de que pierdan la oportunidad.

—No se vayan sin nosotros —dije. Era una broma, pero mis papás no lo tomaron así.

—Hagan todo lo posible para quedarse en el planeta —nos indicó papá— y no se preocupen por nosotros.

—Sean pacíficos y amables, pero no se callen —agregó mamá—. Esto no se trata solo de nosotros. Si nos vamos de Chum, nunca volverán a permitirle la entrada a ningún humano.

Aún había media docena de soldados de la División Ejecutiva afuera, pero los de la División de Inmigración los superaban por mucho. Los de Inmigración nos acompañaron hasta la nave de Leeni mientras que los de la Ejecutiva gritaban junto con la multitud de manifestantes furiosos de afuera del domo.

Entramos a la nave de Leeni con un par de soldados de Inmigración. En segundos estábamos en el aire. Cuando cruzamos el cerco, los manifestantes se separaron para dejarnos pasar. Luego, una docena de ellos volvió a reagruparse e intentó seguirnos. Por suerte les salió tan bien como a los humanos intentando alcanzar un auto en una autopista y pronto los perdimos de vista.

Durante el resto del viaje, la ciudad allá abajo se veía tranquila y vacía. Solo unas cuantas naves cruzaban el cielo mientras había comenzado a amanecer.

—¿La escuela está abierta tan temprano? —le pregunté a Leeni.

—Por lo general, no —respondió—. Pero me puse en contacto con el jefe de educación y le pedí que los esperara.

—¿Conoces al jefe de educación? —le pregunté.

—Es mejor que no hablemos de nuestra relación —dijo Leeni.

Ila apagó su traductor.

—¿Entiendes qué está pasando con Leeni? —me preguntó.

Yo también apagué el mío.

—Creo que sí. Me parece que intenta ayudarnos, pero no puede ayudarnos demasiado porque se metería en problemas.

—¿Entonces qué? ¿Va a declarar que «accidentalmente» nos llevó a la escuela? —Ila sacudió la cabeza—. Buena suerte con eso.

Era tan temprano cuando llegamos a la escuela que aún no había manifestantes en la entrada. Ni nadie más. Cuando Leeni nos llevó a la puerta y presionó un botón, tuvimos que esperar unos cuantos minutos para que un custodio krik abriera y asomara la cabeza.

—¡La escuela está cerrada! —gruñó.

—Los humanos tienen una junta con el jefe de educación —dijo Leeni.

El krik nos miró de arriba abajo y luego se encogió de hombros.

—Pueden esperarlo en el pasillo. ¡Y no ensucien el piso! Lo acabo de limpiar.

Entramos, dejando a Leeni afuera, y nos recargamos en la pared frente a la oficina del director. Salvo por alguno que otro custodio que pasaba por ahí con una máquina de limpieza, el edificio estaba vacío. El vestíbulo, con sus altos techos, se sentía mucho más amplio sin los montones de zhuris y kriks andando de aquí para allá.

—Me muero de hambre —dijo Ila. Pese a que habló casi en un susurro, su voz hizo eco hasta el techo—. ¿Tú no?

—No, hasta que lo mencionaste.

Nos quedamos ahí durante casi una hora hasta que llegó el director.

—Me sorprendió saber que vendrían —nos dijo—. Cuando vi las noticias, creí que el gobierno no les permitiría volver a la escuela.

—Las noticias no cuentan la verdad sobre nosotros —aclaré.

—Y, al parecer, tampoco cuentan la verdad sobre mí. Pasen a mi oficina.

SE SENTÓ EN EL BANCO detrás de su pantalla, que era del tamaño de todo el escritorio, y nos pusimos en una banca frente a él. Como estaba hecha para adultos zhuris, era tan alta que las piernas nos quedaban colgando.

—El oficial de la División de Inmigración me dijo que tienen un material educativo que quisieran compartir conmigo. ¿Qué clase de material es?

—Es un video —le dije—. ¿Quiere verlo?

—Claro. Soy educador.

El transmisor de Marf funcionó en la pantalla del director igual que en la televisión de nuestra casa. Proyecté *¡Conozcan a los humanos!* en su pantalla. El video comenzaba con una toma cerrada de mi cara, sonriéndole a la cámara. Apenas alcancé a escuchar mis palabras bajo el yeeheeeeheeee de la traducción zhuri que sonaba sobre ellas.

—¡Hola! Soy Lan Mifune y quisiera aclararles algunos malentendidos sobre la especie humana. ¡No somos violentos! Pero sí somos torpes. Muy muy torpes...

El primer minuto del video era una compilación de humanos tropezando, cayendo por las escaleras y golpeándose la cabeza. Mientras el director lo veía, inhalé profundo, con la esperanza de oler alguna reacción. No hubo nada. Y empecé a temer que el video no fuera tan divertido como yo creía.

Pero luego llegamos a la escena del vómito de *Ed y Fred*.

—Los humanos no se escupen veneno entre ellos —explicó mi voz en el video—, pero a veces sí nos sentimos un poco mal del estómago...

Ed y Fred era uno de los programas más graciosos de la historia y la escena del vómito era lo mejor de toda la serie. Ed descubrió una nueva bebida que le pareció deliciosa, pero no podía dejar de beberla. Compró una caja, se la tomó de una sentada y luego la vomitó sobre Fred mientras iban en el asiento trasero de un auto en movimiento.

Lo que hacía tan graciosa la escena era que el vómito no dejaba de salir y salir y salir y salir... No paraba, incluso cuando pensabas que sería imposible que el vómito siguiera saliendo. La primera vez que vi el episodio me hizo reír tanto que me dolió la cara. Incluso al verla por vigésima vez no pude evitar unas risitas.

Y también funcionó con el director. El olor a donas llenó el lugar. Ila volteó a verme con una enorme sonrisa en el rostro. Yo le sonreí también.

Luego terminó la escena del vómito y comenzó el segmento musical.

—Y, cuando los humanos nos sentimos tristes, no hay nada que nos anime tanto como el sonido de la música...

Ila apareció en la pantalla, iluminada por los reflectores en el escenario de *Cantante Pop* mientras tocaba las notas iniciales de «Bajo un cielo azul».

Sí, la noche ha sido oscura
y los días han sido grises.
No encuentro lo que perdí
cuando mi esperanza se fue.

Esta vez vi la reacción del director antes de percibir el olor. Se irguió en su asiento y ladeó la cabeza hacia la derecha... y luego a la izquierda... y de nuevo a la derecha, todo al ritmo de la música. Cuando me llegó el olor, era dulce y fuerte al mismo tiempo, como miel mezclada con menta.

Mientras Ila y yo lo observábamos, ambos pusimos una expresión de sorpresa al ver cómo su cuerpo comenzaba a mecerse al ritmo de la música. En cuanto la canción llegó al coro, que sonaba como un himno, el director comenzó a agitar las alas y se elevó varios centímetros de su asiento.

Quiero vivir bajo un cielo azul.
No quiero evadir el dolor solo para sobrevivir, quiero darle otra oportunidad a la vida.
Encontraré la forma de secarme la lluvia de los ojos.

El director flotó en el aire, su cuerpo se mecía en ondas como una serpiente mientras la habitación se llenaba del olor a miel y menta. Cuando la canción terminó, bajó lentamente a su asiento y luego sacudió la cabeza, como si estuviera saliendo de un trance.

Miré a Ila, que tenía la boca abierta. Igual que yo.

—Eso fue muy educativo —nos dijo—. Quiero mostrárselo a toda la escuela.

—¿Podemos hacerlo rápido, señor? —le pregunté—. Porque no creo que nos quede mucho tiempo.

• • •

UNA HORA DESPUÉS, Ila y yo estábamos junto al director frente a una enorme pantalla sobre el abrevadero en el comedor. Toda la escuela nos estaba viendo. Los kriks, por ser más bajos, estaban al frente y los zhuris cubrían todo el espacio detrás y arriba de ellos. Desde donde estábamos, parecía un muro de chicos alzándose frente a nosotros.

Marf no estaba ahí. Tampoco Ezger. De acuerdo con una noticia que vimos en la pantalla del director mientras esperábamos a que comenzaran las clases, el gobierno los buscaba por «distribuir contenido emocional que amenaza la paz de Chum». El reportaje le pedía al público «evitar todo contacto con ese material peligroso y altamente emocional», y también que, si alguien veía a Marf o Ezger, lo informara de inmediato a la División Ejecutiva.

Sentí mucho miedo por mis amigos y, al ver la noticia con el director, comencé a temer que pudiera entregarnos. Pero él solo apagó la televisión sin decir nada. Ahora se estaba preparando para mostrarle un «material peligroso y altamente emocional» a miles de chicos. Si temía que el Gobierno Unificado se le pudiera ir encima, no se le notaba.

A juzgar por el olor a donas, los chicos zhuris ya estaban emocionados por lo que iban a ver. Mientras esperábamos a que comenzara el video, los que estaban al frente me gritaban sus peticiones.

—¡Camina como la otra vez!

—¡Intenta volar!

—¡Vuélvete a caer!

Ila me miró confundida.

—¿Qué fue lo que hiciste ayer?

Yo solo me encogí de hombros.

—Me tropecé con algunas cosas, nada más. Son de risa fácil.

El director se echó a volar y quedó sobre nuestras cabezas.

—¡Silencio, chicos, por favor! ¡Silencio! —gritó y todos lo obedecieron de inmediato. Un instante después, el único sonido en toda la habitación era el zumbido constante de las alas batiendo.

—Los jóvenes humanos —le dijo a la multitud— han tenido la amabilidad de crear un video educativo para nosotros, para que podamos entender mejor a su especie. Por favor, dirijan su atención a la pantalla.

Regresó al suelo mientras un toldo mecánico cubría el tragaluz en el techo para dejar todo el lugar en penumbra.

Entonces el video comenzó. Fue un éxito desde los primeros segundos. Con cada caída, el público soltaba otra oleada de olor a donas recién horneadas. Cuando llegamos a la escena del vómito, el olor se volvió aún más intenso y los gritos emocionados de los chicos zhuris casi impedían que se escuchara el video.

Luego, Ila apareció en la pantalla, que medía casi dos pisos, y comenzó a cantar «Bajo un cielo azul».

Lo que pasó después me dejó sin aliento. El olor a donas comenzó a desaparecer y fue reemplazado por el de miel y menta, con todo el público zhuri meciéndose de atrás hacia adelante al ritmo de la música, tal como lo había hecho el director. Solo que, en vez de un solo individuo moviéndose en S en el aire, eran dos mil y todos lo hacían en perfecta sincronía.

Todos los zhuris de la escuela se movieron como si fueran uno, en un muro de movimiento que parecía tan pacífico como poderoso. Debajo de ellos, los kriks que estaban al frente saltaban y sacudían la cabeza. A diferencia de los zhuris, no estaban tan bien sincronizados y sus cuerpos creaban una línea verde que se movía para todos lados bajo la enorme ola de energía de los zhuris.

Era tan hermoso que se me hizo un nudo en la garganta. Cuando miré a Ila, noté que lloraba. Creo que los zhuris hubieran hecho lo mismo si fuera físicamente posible para ellos llorar. Ver su baile era hipnótico y había dormido tan poco en los últimos días que, conforme avanzaba la canción, empecé a marearme un poco.

Luego, cuando llegó el coro final, la música se detuvo de golpe y la pantalla se puso en negro.

El hechizo que había caído sobre la multitud se rompió y la energía positiva se fue, dejando solo el zumbido de las alas de los zhuris mientras se miraban unos a otros, confundidos y decepcionados.

«¿Qué pasó?».

Se escuchó una conmoción que venía desde el fondo por la puerta de entrada: chillidos, empujones y una especie de alboroto. Intentamos ver entre la masa de gente, pero era demasiado densa y la luz estaba tan baja que no distinguíamos qué estaba pasando, solo escuchábamos cómo el disturbio iba avanzando por la habitación, dirigiéndose a donde estábamos. Pero no fue sino hasta que la fila de kriks al frente se separó que vimos a los soldados.

No sé cuántos eran. Solo vi la primera tanda, acercándose a nosotros con las puntas de luz azul en sus armas.

Primero le dieron una descarga al director. Ila y yo seguimos después.

No me dolió tanto como el día anterior. O quizá solo fue que me desmayé más rápido que antes.

22

LA CLASE DE PROBLEMAS DE LOS QUE NO TE ESCAPAS

MI DOLOR DE CABEZA ERA HORRIBLE. Pero no tan horrible como el hecho de estar atrapado en un ataúd.

Al menos era algo que se sentía como un ataúd. De seguro lo construyeron para un zhuri, porque estaba tan apretado que no podía mover la cabeza ni respirar bien. Tenía la espalda y el pecho aplastados entre la parte de abajo y la de arriba, como un insecto en una cajita de exposición. Podía mover los brazos y las piernas hacia los lados, pero solo unos centímetros antes de que se toparan con las paredes de cada lado.

Mi cabeza estaba vuelta hacia la izquierda y apenas había luz suficiente para ver la pared frente a mí. Era de plástico, del mismo tonto color beige que todo en Chum.

Escuché gritos a lo lejos. Parecían manifestantes. Pero alguien me había quitado la pantalla y el audífono, así que no podía asegurarlo.

Me quedé así un rato. No sé cuánto tiempo. ¿Treinta minutos? ¿Una hora? Era difícil medir el tiempo.

Luego se oyó un retumbar, como si hubieran encendido un motor, y las paredes se sacudieron.

Mi ataúd se estaba moviendo.

Sentí un cambio en mi equilibrio. ¿Me estaban moviendo hacia abajo? ¿Hacia arriba? Seguía con tanto mareo por el disruptor neuronal que no lograba distinguirlo.

Las paredes arriba y abajo de mí comenzaron a expandirse. Apenas tuve tiempo para preguntarme si me iba a caer antes de que pasara.

—¡Aaay!

Aterricé de golpe sobre un suelo esponjoso. Estaba en una pequeña habitación beige sin puertas ni ventanas. El agujero por el que caí desde el techo ya había desaparecido. El lugar estaba vacío, salvo por un par de bancos y una mesa.

Mi pantalla y audífono estaban sobre la mesa.

Intenté levantarme, pero seguía con mucho mareo y no pude caminar. Así que gateé y me arrastré hasta la mesa. Me puse el audífono y tomé mi pantalla, la coloqué de lado en el suelo y frente a mi cabeza, para poder verla sin incorporarme.

Había un mensaje de mamá de una hora atrás:

Vienen las tropas, no vuelvas a casa

• • •

Me arrastré hasta el otro lado de la pared para poder sentarme recargando la espalda en ella. Les mandé mensaje a mamá, papá e Ila:

> Dónde están? Creo que estoy en la cárcel

Nadie respondió. Ya me lo esperaba.

El dolor de cabeza me estaba matando. No literalmente. Al menos no creí que lo fuera. Pero era horrible.

Decidí intentar levantarme. No tenía idea de qué estaba pasando, pero sentía que poder levantarme sería una ventaja.

Me puse de pie con la espalda pegada a la pared. Luego di un paso hacia adelante hasta quedar de pie sin apoyo, pero de inmediato me fui de lado.

«Todavía no». Me recargué de nuevo en la pared y me deslicé hasta sentarme.

Un par de minutos después lo intenté de nuevo. Esta vez aguanté un poco más antes de tener que sentarme de nuevo.

Me acababa de levantar por tercera vez cuando apareció una puerta en la pared y entró un zhuri. La puerta se cerró detrás de él y se desvaneció sin dejar rastro.

El zhuri me señaló uno de los dos bancos.

—Siéntate.

Estaba apenas a unos cuatro pasos del banco, pero eran dos pasos más de los que podía dar. Tras mi segundo paso sentí que me iba de lado. Me enderecé, perdí el equilibrio y terminé estampado en el banco.

Debió ser graciosísimo, pero no percibí nada de olor a donas del zhuri, que solo observó cómo me levanté torpemente, acomodé el banco y logré sentarme en él al fin.

Tuve que agarrarme de la mesa con las dos manos para no caerme de nuevo.

—Humano Lan Mifune, ¿con quién has conspirado?

—¿Tiene medicina para el dolor de cabeza, señor?

—Yo hago las preguntas.

«Ay, no. Gasolina. Está enojado».

—Eres parte de un complot para alterar la paz de Chum. ¿Quién te ayudó?

—No hay complot, señor —dije—. Nosotros también queremos la paz.

—¿Quién te dijo que crearas contenido emocional?

—Nadie, señor. Solo creímos que a todos les gustaría… que sería educativo para ellos.

—¿El oficial en jefe Leeni conspiró contigo?

—No, señor.

—¿El jefe de educación Hiyew conspiró contigo?

—No, señor. No conspiramos. Es solo que él también creyó que sería educativo.

El interrogador echó la cabeza hacia atrás. El olor a gasolina empeoró.

—Escucha con atención, humano Lan Mifune. ¿Qué es lo que oyes?

—¿Manifestantes? —Las protestas habían estado ahí desde que desperté, pero, después de tantos días oyéndolas a la distancia, ya casi ni las notaba.

—Son ciudadanos zhuris envenenados por la enfermedad de la emoción —dijo—. Tienen mucha ira y ustedes son la causa. Si sigues mintiéndome, te echaré al enjambre... y te destruirán.

«Esto no va nada bien».

—Le digo la verdad, señor.

—¿Quién de los zhuris conspiró contigo?

—¡Nadie!

—¡Mentira!

Estaba tan enojado que había empezado a soltar otro olor. Era una peste fuerte y química, como a mentol y alcohol de curación.

—Sabemos que hay una conspiración contra el Gobierno Unificado y tú nos vas a decir quién es el responsable... —De pronto dejó de hablar y echó la cabeza hacia atrás—. ¿Estás produciendo olor contra mí?

—Los humanos no producimos olor, señor.

El aroma a mentol y alcohol era cada vez más fuerte, entonces me di cuenta de que no salía de él. Se acercó hacia mí, su boca tubular se movía con rapidez. Luego se levantó, alzó la cabeza y la giró, inspeccionando la esquina donde el techo se encontraba con la pared. Fue hacia la orilla más lejana, con la cabeza levantada y retorciendo la boca.

Sin duda estaba buscando la fuente del olor. Era tan fuerte que yo ya sentía que me quemaba la nariz. Intenté respirar por la boca.

El interrogador se echó a volar, alzando la cabeza para inspeccionar el espacio entre el techo y la pared. Seguro había un ducto de aire ahí.

Vi cómo volaba por toda la orilla de la pared, revisándola con la boca alzada.

Luego sus alas dejaron de moverse.

Cayó de golpe al suelo. Su caída me sorprendió tanto que me levanté de un salto de mi asiento y casi termino yo también en el piso. Esperaba que el mareo que estaba sintiendo fuera por los efectos del disruptor neuronal y no por lo que sea que haya dejado noqueado a mi interrogador.

Me apoyé en la pared y fui hacia el lugar donde había aparecido la puerta. Llamé con fuerza, pues no quería que me echaran la culpa de lo que fuera que le acababa de pasar al interrogador.

—¿Hola? ¿Hola? ¿Hooolaaa?

No hubo respuesta. Aún apoyado en la pared, caminé hacia el cuerpo inmóvil del interrogador. No parecía que estuviera respirando. En cualquier caso, yo no sabía mucho de la biología zhuri.

Volví a la puerta y llamé de nuevo, subiendo el volumen del micrófono en mi pantalla y dirigiéndolo a la pared para que el traductor mandara la señal lo más lejos posible.

—¡Hooolaaa! ¿Hooolaaaa? ¡Ayúdenme, por favor!

No escuché nada, salvo las furiosas protestas a lo lejos. Empecé a sentir una presión en el pecho por el pánico. Estaba al borde de una crisis nerviosa cuando se abrió la puerta.

Ahí estaba Marf, que ocupaba todo el umbral, con un morral grueso cruzado sobre su pecho.

—¡Mrrrrmmmm…!

El sonido de la voz sexy y ronca de la actriz en mi audífono fue tan reconfortante que mi pánico comenzó a bajar y sentí un poco menos de presión en el pecho.

—¡Ay, qué bueno! —dijo—. Aún tienes tu traductor. Ayúdame a encontrar a tu hermana.

Me eché a sus brazos y me dio un breve y tibio abrazo. Luego me levantó de un tirón.

—A mí también me alegra verte, pero no hay tiempo para las muestras de afecto.

—No quería abrazarte —le aclaré—. Es que no puedo caminar muy bien.

—Ah. Eso podría ser un problema. Ve si puedes sostenerte de la pared.

Se quitó de la puerta. Me apoyé en la pared con una mano e intenté seguirla. Más allá se veía una especie de cuarto de control con bancos frente a varias pantallas y paneles.

Junto a los bancos había cuatro zhuris tirados.

—¿Qué les hiciste?

—Es una larga historia. Soy muy lista. Apúrate.

Marf se dirigió a otra puerta, unos metros más lejos de aquella por donde yo apenas salía. Intenté correr tras ella, agarrándome del panel de control.

Marf abrió la estrecha puerta, se puso de lado y la cruzó aplastando su cuerpo. Luego yo llegué hasta el umbral, que daba a otra sala de interrogatorios. No había nadie ahí más que Marf. Tomó de la mesa un audífono y una pantalla, de los que usábamos los humanos, y me hizo una seña para que me quitara y la dejara cruzar de nuevo la puerta.

Me entregó la pantalla y el audífono.

—Seguro son de tu hermana. Creo que está en el área de detención. Guárdatelos en el bolsillo y sostente de mi brazo.

Dejé que me arrastrara, más allá de los cuerpos de los zhuris tirados en el suelo, hasta una puerta más grande, al otro lado del cuarto.

—Tenemos que apresurarnos —me dijo—. No tardan en despertar.

Miré los cuerpos.

—¿O sea que no están muertos?

—¡Claro que no! Estoy haciendo mi mejor esfuerzo para no cometer crímenes que no se puedan perdonar cuando derroquemos al gobierno.

—¿Vamos a derrocar al gobierno? —Me jaló por la puerta hacia un largo pasillo que estaba vacío, salvo por un par de zhuris inconscientes en el suelo.

—Me temo que es mi única opción —dijo mientras me arrastraba—. Parece que me metí en la clase de problemas de los que no te salvas a menos que cambien las reglas del juego.

Se detuvo en la puerta y, antes de avanzar, observó el letrero en idioma zhuri que estaba ahí.

—Creo que será muy bueno para ustedes. Es casi seguro que un nuevo gobierno sí aceptará a los humanos. Claro que para eso tendremos que evitar que el actual los mate en su intento desesperado por aferrarse al poder... ¡Aaah! ¡Llegamos!

Se detuvo en otra puerta y examinó el mecanismo de acceso en la pared de al lado.

—Mmmm. Biométrica... Recárgate en la pared, ¿sí? Necesito ambas manos libres.

Hice lo que me pidió y Marf avanzó pesadamente por el pasillo hacia el zhuri inconsciente más cercano.

—La verdad preferiría no derrocar al gobierno —dijo, de espaldas a mí—. Eso va a arruinar mi negocio. He ganado mucho dinero vendiéndoles videos ilegales a los zhuris. Pero todo eso depende de que el gobierno tenga prohibidas las emociones. Si deja de hacerlo, los videos que vendo serán tan comunes como la tierra y sus precios se desplomarán.

Levantó al zhuri tomándolo por la parte de en medio y comenzó a arrastrarlo hacia la puerta.

—¿Qué clase de videos vendías?

—De humor. Para provocar el olor a risa. Casi puras cosas burdas y de aficionado... accidentes domésticos, zhuris que se caen o se estrellan en las ventanas por error... algunos kriks que intentaron comerse algo más grande que su cabeza y se les quedó atorado en la boca...

Cuando volvió a la puerta con el zhuri inconsciente, le levantó la cabeza y puso su ojo compuesto directamente en el sensor de la pared.

El sensor emitió un pitido y la puerta se abrió. Marf dejó al zhuri con cuidado en el suelo y después me ayudó a cruzar la puerta.

—O sea que... ¿son *bloopers*? ¿Lo que vendes son videos de *bloopers*?

—No sé qué significa esa palabra, pero es probable que sí. Cuando vi tu video de *Los Birdley*, me imaginé que serían un éxito. Los zhuris no entenderían las palabras, pero les iban a encantar las partes donde los pájaros se estrellan en cosas y cuando los patean en sus órganos reproductores.

Entramos a una enorme habitación con techos altos que parecía un mausoleo gigante. Cientos de cajones de sesenta por sesenta centímetros llenaban tres paredes hasta el techo. En la pared más lejana a nosotros estaba el panel de control. Frente a él había un par de zhuris inconscientes al lado de sus armas, que de seguro se les cayeron al desmayarse.

Marf me llevó hasta un banco vacío junto a los zhuris dormidos.

—Hazme un favor y grítale a tu hermana.

—¿Ila? —grité.

—Más fuerte, por favor.

—¡Ila! ¡Ilaaaa! ¡¿Estás ahí?!

Desde algún punto a la mitad de la pared de la izquierda salió una respuesta ahogada.

—¿Lan?

—Ah, bien —dijo Marf—. Avanzamos. —Fue al panel de control y se puso a presionar botones en una pantalla sin dejar de hablar . Y entonces les vendí algunos de tus videos de *Los Birdley* a mis clientes…

—¡Me prometiste que no lo harías!

Marf se encogió de hombros.

—No es mi culpa que hayas confiado en mí. Te dije que era una criminal. Como sea, se vendieron mucho mejor de lo que esperaba. Y, si solo hubiera seguido vendiendo *Los Birdley*, a lo mejor no habría pasado nada. Pero luego cometí el error de mostrarle uno de los videos musicales de tu hermana a un cliente zhuri. Personalmente, no es algo que me guste. Pero a Ezger le encantó y pensé que quizá a los zhuris también les iba a gustar.

»¿Y sabes qué pasó? —Marf volteó a verme—. ¡El tipo se puso como loco! ¿Tienes idea de lo fuertes que son los efectos de la música en los zhuris?

Asentí.

—Sí. Ya los vi.

—Debí saber que era demasiado riesgo. Pero me ganó la ambición, así que vendí los que había encontrado en la pantalla de tu hermana y se replicaron como un virus. Apenas alcancé a construirle una guitarra y grabar un nuevo video cuando el gobierno se enteró de lo que estaba pasando y comenzó a buscarme. La música era demasiado potente: tenían que detenerla antes de que las emociones de todo el planeta se salieran de control.

Marf observó la sección de la pared donde escuchamos la voz de Ila.

—No estoy segura de cómo funcionan estas celdas de encierro… pero creo que esto servirá. —Presionó un botón en la pantalla y comenzó a abrirse un cajón a la mitad de la pared, a unos seis metros del suelo. Vi aparecer los pies de Ila, seguidos de sus piernas.

El cajón se fue inclinando hacia el suelo. Ahogué un grito y me levanté, pero seguía con tanto mareo como para echarme a correr hacia allá. Y, aunque lo hubiera logrado, no había nada que pudiera hacer para evitar la caída.

Por suerte, Marf sí. Se echó hacia el espacio bajo el cajón de Ila y la atrapó justo antes de que mi hermana se estrellara en el suelo con un grito.

Ila rebotó en el estómago de Marf y cayó de pie.

—¡Mmrrmmff! —Mi traductor soltó un pitido, supongo que porque no reconoció la palabra ororo para «¡Aaauch!».

—¿Estás bien?

Marf se incorporó.

—Mañana me va a doler, pero ahora estoy bien. ¿Tú cómo estás, Ila?

Mi hermana se levantó y casi se cae de nuevo. El disruptor neuronal también la tenía mareada. Y sin su traductor, lo único que podía hacer era mirar a Marf con un gesto de confusión y miedo.

—¡Toma! —Caminé torpemente hacia ella y le entregué su pantalla y su audífono.

Marf se levantó y esperó a que Ila encendiera su traductor.

—Supongo que no puedes caminar mucho más que Lan, ¿verdad?

Ila se incorporó, dio un paso y se cayó sobre Marf.

—Lo tomaré como un no. —Sosteniendo a Ila con un brazo, metió su otra mano en el morral y sacó un pequeño comunicador, que se llevó a la boca.

—¿Ezger? Ya estamos juntos. ¿Cuál salida tomamos?

Escuché el gruñido enojado de Ezger por el comunicador, pero fue demasiado bajo y mi traductor no alcanzó a captarlo.

—Ay, no —respondió Marf—. Eso no es bueno. De acuerdo... te veremos atrás. —Se guardó el comunicador y luego recargó a Ila en la pared más cercana.

—¿Qué no es bueno? —le pregunté.

Marf fue hacia los dos zhuris inconscientes.

—El cerco eléctrico que rodea la prisión se apagó.

—¿Por qué es malo eso?

Se inclinó y tomó las dos armas del suelo.

—Esperaba que el cerco nos mantuviera protegidos del enjambre de zhuris furiosos. Tomen. —Me entregó una de las armas zhuris. Era larga y lo suficientemente fuerte para aguantar mi peso como un bastón—. Lo van a necesitar.

—¿Para caminar o para pelear?

—Para las dos cosas. Vámonos.

23

ESTO SE PUEDE PONER FEO

MARF NOS LLEVÓ a Ila y a mí por una serie de pasillos estrechos y serpenteantes tan rápido como podíamos avanzar. Usando las armas como bastón, logramos caminar sin ayuda, aunque teníamos la mala costumbre de estrellarnos con las paredes.

Marf llevaba dos armas que les quitó a unos zhuris dormidos que encontramos en el camino. Al doblar una esquina me tropecé con otro, que soltó un chillido. Marf nos volteó a ver, alarmada por el sonido.

—Están comenzando a despertar. Apúrense, por favor.

El zumbido de los manifestantes se volvía más fuerte con cada vuelta que dábamos. Al llegar al último pasillo, que terminaba en una puerta ancha, un nuevo sonido se unió al otro: un montón de golpes desesperados que sonaban como si alguien estuviera azotando la tapa de un bote de basura metálico. Cuando nos acercamos a la puerta, tanto el zumbido como los golpes se volvieron tan fuertes que Ila y yo nos detuvimos, temiendo avanzar más.

Marf pasó junto a nosotros.

—¡Rápido! —Abrió la puerta y el sonido triplicó su volumen mientras la ororo se lanzaba a una habitación que no alcanzábamos a ver por ir detrás de ella. Como no quedaba más opción, Ila y yo la seguimos.

Era un garaje largo, con cuatro naves estacionadas lado a lado. Todas estaban de frente a una puerta lo bastante ancha para que saliera cada nave. El lugar apestaba a ira zhuri y las cuatro puertas temblaban por los ataques de un enjambre furioso que intentaba entrar al edificio por la fuerza.

Marf ya estaba por llegar a la nave más cercana.

—¡Rápido! ¡Gracias!

Intenté ignorar el ruido de las puertas mientras avanzábamos torpemente hacia ella. La nave estaba cerrada, pero Marf sacó un artefacto de su morral y lo usó para burlar el sistema de seguridad. La puerta de la nave se abrió y la ororo entró, y dejó sus armas para ir al panel de control.

—¡Cierren la puerta de la nave! —Ila y yo nos metimos y cerramos la puerta.

—¿Qué podemos hacer? —pregunté.

—Siéntense y agárrense.

Hicimos lo que se nos dijo. Miré por el parabrisas de la nave. Justo enfrente, la puerta del garaje se sacudía con la furia del enjambre al otro lado.

El panel de control se encendió. Marf había logrado echar a andar la nave sin contraseña ni llave.

—Ahora solo necesitamos… —comenzó a decir.

En eso, dos puertas del garaje se derrumbaron, dando paso a una turba voladora de zhuris furiosos.

—Ay, no. —Marf apretó un botón y la puerta del garaje frente a nuestra nave comenzó a abrirse, extendiéndose hacia afuera por la parte de arriba. En cuanto lo hizo, las docenas de zhuris que ya estaban llenando el garaje se dieron cuenta de que estábamos ahí. De inmediato empezaron a lanzar chorros de veneno naranja contra las ventanas.

La puerta del garaje se abrió apenas lo suficiente para dejarnos ver la masa rabiosa de zhuris al otro lado. Luego ya no vimos nada porque los chorros de veneno y los cuerpos voladores de los zhuris nos bloquearon por completo la vista.

—¡Agárrense! —gritó Marf. La nave se elevó y se echó a volar hacia adelante. Los zhuris que estaban frente a la nave se quitaron. Alcancé a ver la puerta medio abierta frente a nosotros y por un momento creí que la íbamos a derribar, pero resultó mucho más fuerte de lo que parecía. Cuando la nave la golpeó, se escuchó un ruidoso estruendo y el viaje se detuvo. Nos fuimos de lado y la punta de la nave se embarró en la puerta mientras escuchábamos los golpes en el techo y los costados.

Docenas de zhuris se aferraban a nuestro vehículo intentando tumbarnos. Y lo estaban logrando. Aunque la nave seguía avanzando medio de lado, podía sentir cómo iba descendiendo.

De pronto, la punta de la nave se hundió entre la puerta medio abierta y la pared a su lado. El movimiento de costado se detuvo y nos fuimos para abajo. Marf seguía intentando que avanzáramos y el ruido del motor sobrecargado era tan fuerte que se podía escuchar a pesar de los gritos del enjambre.

Los golpes se volvieron más fuertes e intensos. Los zhuris se lanzaban contra las ventanas de la nave por todos lados, intentando romperlas.

—¡Agárrense fuerte! —gritó Marf.

Ila y yo nos aferramos a nuestros asientos mientras ella cambiaba de dirección y entonces la nave se lanzó violentamente contra la puerta.

—¡Y otra vez! —Nos echamos hacia atrás con tal fuerza que se me estrelló la cabeza en la ventana—. ¡Atrás! —Luego del fuerte impulso hacia adelante, Marf hundió los frenos y nos detuvimos de golpe justo antes de chocar contra la pared trasera del garaje.

Los golpes en las ventanas se detuvieron y pronto fueron reemplazados por la densa baba naranja. Como no querían que la impredecible nave los aplastara, los zhuris retrocedieron y se pusieron a escupirnos veneno.

—¡Agárrense! —Marf lanzó la nave hacia el frente, una vez más contra la puerta, que ahora sí se abrió y salimos volando. Al fin estábamos fuera del edificio.

Pero no nos habíamos librado del enjambre. Había incontables zhuris volando alrededor de la cárcel. En cuanto tiramos la puerta, comenzaron a lanzarse contra los costados y el techo de la nave.

Seguramente había miles, todos arrastrándonos hacia abajo, pues, aunque íbamos a toda velocidad, nos movíamos como si estuviéramos en un charco de fango. Otra vez sentí que nos caíamos.

—¡Ezger! —gritó Marf en su intercomunicador—. ¿Dónde estás?

Escuché que Ezger respondía entre gruñidos, pero mi traductor no lo alcanzó a interpretar.

—¡No puedo despegar! —bramó Marf—. ¡Búscanos y activa un cerco! ¡Iremos hacia ti!

Con una sacudida escalofriante y un fuerte rechinido, la nave azotó contra el suelo, ya que su motor sobrecargado no pudo más con el peso del enjambre. Marf se alejó del panel de control y tomó sus dos lanzas. Presionó un interruptor en cada una y la electricidad azul se encendió en sus puntas.

—¡Prendan sus armas! —Hice lo que me ordenó, esperando que el mareo no me hiciera darle una descarga a uno de los nuestros en vez de a un zhuri.

Estaban azotando los pies contra todas las ventanas y era cuestión de tiempo para que lograran romper alguna.

Marf fue hacia la puerta con una lanza en cada mano.

—Escúchenme: manténganse juntos y detrás de mí. Con la mano exterior sostengan las armas y pongan la interior en mi espalda. Sigan mis movimientos. Ezger va a poner mi nave cerca y tendremos que correr hacia allá.

—¡Nos van a matar! —gritó Ila.

—Lo intentarán, sin duda. Pero no creo que lo logren. Aunque sí se podría poner feo. No se queden atrás.

Nos levantamos, apoyándonos en las armas encendidas, para colocarnos en nuestras posiciones detrás de la enorme ororo. Yo estaba a la derecha de Ila, con la mano izquierda en la espalda de Marf y sosteniendo con la otra mi peligroso bastón.

Seguía con el mareo y sentía como si toda la nave estuviera dando vueltas. Dudaba que pudiera correr siquiera un par de metros sin tropezarme y la masa de cuerpos zhuris azotándose contra la nave era tan densa que parecía imposible abrirnos paso entre ellos.

—¿Estás segura de que va a funcionar? —le grité a Marf, pero las últimas palabras se perdieron bajo un trueno de electricidad que iluminó todo con una luz azul que alejó a los zhuris de nuestra puerta.

—¡Ahora!

Marf abrió la puerta y se echó a correr. Ila y yo avanzamos como pudimos detrás de ella.

El cuerpo de Marf era tan grande que yo no podía ver nada de lo que estaba delante de nosotros más que el brillo de un cerco eléctrico. Los gritos zhuris, que venían de todas direcciones, eran ensordecedores. Intenté mantener los ojos y mi mano izquierda fijos en la espalda de Marf mientras me apoyaba en el arma con la derecha, con la punta electrificada lo más lejos posible de Marf.

Sentí cómo un chorro de veneno que me escupieron desde atrás me empapó todo el brazo derecho. Al sentir el dolor, me aferré al arma. En mi siguiente paso ataqué hacia atrás sin ver y escuché un ¡bssst! que me hizo pensar que probablemente le había atinado a quien me escupió.

Escuché otro grito arriba y levanté la vista justo a tiempo para ver a un zhuri que venía contra mí. Levanté el arma y le di una descarga en el hombro que lo descontroló y lo hizo caer, arrastrando a otros dos zhuris en su camino.

Pero, al levantar el arma, también perdí el equilibrio y solté la espalda de Marf. Bajé la lanza rápido, con la que casi me doy en la cara, caí de rodillas y estuve a punto de soltar el arma.

Miré al frente. A Marf e Ila también les había caído veneno, ambas tenían chorros de baba naranja corriéndoles por la espalda, pero seguían avanzando.

Y se alejaban de mí.

Me puse de pie como pude, avancé con torpeza y casi me caigo, pero logré hundir la parte baja de mi arma en el suelo para evitarlo. Al dar otro paso para acercarme más a Marf, alcancé a ver hacia dónde se dirigía.

Su nave plateada estaba un poco más adelante, rodeada por un domo de electricidad. Sin duda, el cerco soltó varias descargas al activarse, porque sus alrededores estaban llenos de zhuris atarantados y retorciéndose. Solo quedaban algunos en pie, escupiéndonos veneno, y Marf iba usando sus armas para electrocutarlos con ambas manos.

Pero, fuera del estrecho campo despejado, el enjambre se nos acercaba cada vez más y no tenía idea de cómo íbamos a cruzar el cerco que protegía la nave de Marf.

Alcancé a Ila y mi mano izquierda tocó la espalda de Marf cuando ella estaba a unos metros de alcanzar el cerco eléctrico. Al tiempo que recargaba mi peso en su enorme cuerpo, me daba cuenta de que estábamos por electrocutarnos.

Los zhuris también se dieron cuenta de eso. Todo el enjambre se detuvo de golpe y se echó hacia atrás, esperando una explosión de luz y sonido cuando el enorme cuerpo de Marf chocara con la electricidad de alto voltaje.

Pero, justo antes de que la ororo tocara el cerco, este desapareció.

Marf cruzó corriendo el cerco, que ahora era invisible. Ila y yo la seguimos mientras el enjambre retomaba sus gritos rabiosos para volver a la carga.

Entonces Ezger volvió a encender el cerco.

Los chillidos de una docena de zhuris electrocutados fueron ensordecedores. Ila y yo caímos de boca al cruzar el cerco, al fin a salvo del enjambre.

Pero no estábamos a salvo de los tres zhuris que lograron colarse antes de que el cerco volviera a encenderse.

Marf les dio una descarga a dos de ellos para dejarlos retorciéndose e indefensos.

El tercero me vomitó veneno en las piernas antes de que pudiera darle en el pecho con las puntas electrificadas de mi arma.

Luego se abrió la puerta de la nave y Ezger salió de un salto. Nos ayudó a Ila y a mí a subir mientras Marf se acomodaba en los controles. En cuanto Ezger cerró la puerta, la nave se echó a volar.

Un instante después ya habíamos dejado atrás al enjambre y cruzábamos la ciudad a varios cientos de kilómetros por hora.

La voz de Marf retumbó desde la parte de adelante de la nave.

—¡No me llenen la alfombra de veneno!

—¡Me hubieras dicho antes! —gemí. La baba naranja ya me había empapado la ropa y el dolor en las piernas y el brazo era insoportable. Mi brazo izquierdo y mis dos piernas estaban chorreando, y la piel expuesta en mi mano estaba muy roja e hinchada como un globo. Junto a mí, Ila, que tenía la espalda y el costado derecho empapados, también se veía adolorida.

Por suerte, Marf llevaba crema antiveneno en la nave. Mientras cruzábamos la ciudad, nos quitamos la ropa echada a perder y nos untamos la medicina desesperadamente sobre las heridas.

Eso nos ayudó con el dolor y la inflamación, pero no había nada que salvara mi camisa azul de algodón y mis pantalones azul oscuro, ni la blusa y los jeans de Ila.

—¿Es completamente indispensable que usen ropa? —preguntó Marf.

Ila y yo nos miramos, con nuestra ropa interior hecha trizas.

—Sin duda, lo preferimos mucho.

Marf suspiró.

—Es una costumbre muy boba, pero está bien. —Sacó una especie de impresora 3D portátil de una puertita al fondo de la nave y, un minuto después, Ila y yo nos estábamos poniendo unos overoles improvisados que se veían —y, peor aún, se sentían— como si estuvieran hechos de bolsas de basura.

Pero la ropa hecha de bolsas de basura era la menor de nuestras preocupaciones, pues aún teníamos que derrocar al gobierno.

24

UN PLAN PERFECTO, SALVO POR ESA PARTE HORRIBLE

ILA ESTABA ESTUPEFACTA.

—¿Que vamos a hacer qué?

—Derrocar al gobierno —le repitió Marf—. En este momento, creo que es su única opción además de una muerte segura.

—Pero ¿cómo?

—Eso depende de cómo estén las cosas en la televisión zhuri.

Cuando pasó junto a mí para ir hacia la pantalla de televisión que estaba en la pared trasera de la nave, el paisaje en la ventana, que hasta ese momento había sido solo un borrón por la velocidad a la que íbamos, cambió rápidamente del conocido beige a un color naranja rojizo que nunca antes había visto.

Y, en un segundo, la nave se detuvo de golpe a medio vuelo.

—¿Cómo hace eso? —pregunté.

—¿Cómo hace qué?

—Detenerse y echarse a andar tan rápido sin que sintamos nada. Era como para que saliéramos volando por el parabrisas.

—Me tomaría varios días explicarles la tecnología —dijo Marf, encendiendo la televisión.

—¿Dónde estamos? —Ila estaba asomada por la ventana junto a mí. La nave había descendido en un lugar que parecía un pequeño cañón desértico. Había rocas gigantes por aquí y por allí, que lanzaban sombras bajo la poca luz que quedaba antes de la puesta del sol.

—Es un espacio vacío fuera de la ciudad —dijo Ezger—. Al gobierno no se le ocurrirá buscarnos aquí.

Marf señaló hacia la pantalla de la televisión.

—Miren… estamos en la tele.

El canal de noticias zhuri estaba transmitiendo imágenes de nuestro escape tomadas por drones. Cuando vi el tamaño del enjambre que rodeaba la prisión, me sorprendí. Mientras estábamos luchando por salir, no podía ver más que a unos metros frente a mí en cualquier dirección. Pero resulta que lo que alcancé a ver del enjambre era solo una pequeña fracción del total. Había como cien mil zhuris atacando el edificio.

—… docenas de ciudadanos resultaron heridos durante el escape. Los animales humanos y sus cómplices, que aparecen aquí…

La imagen cambió a una pantalla dividida en cuatro cuadros. Arriba había unas fotos borrosas de Ila y de mí, tomadas con drones mientras entrábamos a la escuela. Abajo se veían una especie de fotografías policiales de Marf y Ezger.

—… son violentos y peligrosos…

—Ojalá no usaran nuestras fotos escolares —rugió Marf.

—A mí no me molesta —dijo Ezger—. Yo me veo muy guapo.

—¡Shhh! —La transmisión había pasado a un agente de gobierno zhuri que estaba haciendo un anuncio oficial.

—… todas las restricciones del uso de veneno han sido suspendidas. Todos estamos de acuerdo en que los animales humanos son una amenaza que debe ser destruida.

—¡Excelentes noticias! —exclamó Marf.

—¡Están diciéndole a la gente que nos mate! —le aclaré, con sorpresa.

—No se preocupen. Ezger tiene razón. No nos encontrarán aquí. Y, en verdad, ¡son excelentes noticias!

—¿Cómo puede ser «excelente» que le digan a la gente que nos mate?

Las imágenes en la tele cambiaron a un enorme enjambre. Al principio pensé que era el de la cárcel.

—Por el momento, los otros dos humanos se encuentran detenidos…

—Porque significa… —comenzó a explicarnos Marf.

—¡Shhhh! —la calló Ila—. ¡Son nuestros padres!

Por el tamaño del enjambre, era difícil saber qué era lo que estaba rodeando. Lo único que alcancé a ver entre la multitud de zhuris fue el brillo azul de un cerco eléctrico siendo atacado.

—... puerto espacial para salir del planeta. Pero los animales humanos están causando emociones tan fuertes entre la gente zhuri que se ha alterado todo el tráfico de ingreso y salida en el puerto espacial.

—¡Están atacando a nuestros papás! —gritó Ila.

Observamos el enjambre y el cerco que se encendía debajo.

—Definitivamente es el puerto espacial —dijo Ezger—. Es probable que los tengan en un hangar bajo ese cerco. Inmigración debe estar protegiéndolos, o el cerco ya se habría desactivado.

—¡Tenemos que hacer algo! —exclamó Ila.

—Eso es lo maravilloso —comentó Marf—. ¡El gobierno está por colapsar! Solo tenemos que esperar a que pase.

—¿Por qué lo dices?

Señaló hacia la pantalla con uno de sus dedos regordetes.

—Mira lo que falta en esta escena: soldados. Y tampoco estaban afuera de su prisión.

—¿Y?

—Y el gobierno abandonó el único trabajo que tenía que hacer, por el que le dieron el poder. La única razón por la que los tradicionalistas les quitaron el control a los progresistas fue «para prevenir que se vuelvan a formar enjambres». Por eso intentaban eliminar las emociones. Y, en las pocas ocasiones en que se empezó a formar algún enjambre en los últimos veinte años, siempre enviaron soldados para que los controlaran a punta de descargas eléctricas.

—Pero ni siquiera están intentando detener estos enjambres. ¡El gobierno los está apoyando! Les tienen tanto miedo a las emociones que podrían provocar los humanos y están tan desesperados por sacarlos de aquí que ¡prácticamente les están rogando a los enjambres que los destruyan! Es justo lo opuesto a lo que la gente espera de su mandato. Y, cuando todos se hayan calmado en un par de días, el planeta entero estará tan avergonzado por lo que el gobierno permitió que pasara que lo reemplazarán con nuevos líderes del otro bando. Tal como pasó después de la masacre nug.

Al entender lo que nos decía, sentí cómo todo mi cuerpo temblaba de miedo.

—Pero ¡van a matar a nuestros papás!

Marf hizo un gesto de dolor, entrecerrando los ojos.

—Eso es lo malo. Y lo siento muchísimo…

—¡Debemos detenerlos! —gritó Ila y señaló el panel de control—. ¡Llévanos al puerto espacial!

—Eso sería una locura —respondió Marf—. ¡Ve el tamaño de ese enjambre! Y va a crecer más.

¿Crees que todos esos zhuris que estaban en la prisión nada más se van a rendir y se irán a casa? Para cuando lleguemos al puerto, el enjambre tendrá el doble de tamaño. Lo más probable es que sus padres ya estén muertos para ese momento y entonces el enjambre se lanzará contra nosotros.

—¡No me importa! ¡Yo nos llevaré hasta allá! —gritó Ila y corrió hacia los controles.

—Buena suerte para encender el motor —comentó Ezger.

—¡Debe haber algo que podamos hacer! —le dije a Marf.

—Sí hay algo. Esperemos aquí. En un par de días, el gobierno caerá y se formará uno nuevo. ¡Y ellos sí van a permitir el aterrizaje de su nave de humanos! Es lo que querían.

—¡No podemos permitir que maten a nuestros padres!

—Sé que suena horrible...

—¡¡Haz que se mueva esta cosa!! —le gritó Ila a Marf, golpeando el panel de control por la frustración.

—¿Para ir adónde? —le preguntó Marf—. ¿Directo hacia la muerte? Si fuéramos al puerto espacial, ¿qué podríamos hacer ahí?

Miré el enjambre en la televisión. Estaba lleno de ira, eran demasiados y todos se lanzaban al mismo tiempo contra el cerco. Ni siquiera parecían cien mil zhuris, sino un animal gigantesco y furioso.

Era la versión de pesadilla de aquella multitud maravillosa y pacífica que bailó al ritmo de la música de Ila en el comedor.

«¿Y si...?»

—¿Y si hacemos que el enjambre cambie de actitud? —pregunté.

Los tres voltearon a verme.

—La música es increíblemente poderosa para ellos, ¿no? Por eso el gobierno le tiene tanto miedo. ¿Qué tal si vamos y les ponemos música, algo tranquilo y relajante? Quizá podríamos detenerlos. Convertir la ira en algo positivo. Es posible, ¿verdad?

Marf no dijo nada.

—¿Verdad? —repetí.

Marf soltó un profundo suspiro que retumbó por todo el lugar.

—Quizá. Es difícil saber. Nunca nadie ha intentado algo así. ¿Y tienes idea de lo peligroso que sería? Para poner música tan fuerte que se escuche sobre el ruido del enjambre tendríamos que acercarnos mucho y el puerto espacial no es como la cárcel, tiene defensas para protegerlo de ataques aéreos. Si nos aparecemos en el cielo, intentarán derribarnos con armas de energía pulsada.

—¿Intentarán? ¿O lo harán? ¿Tu nave moderna no puede protegernos?

—Quizá. No puedo saberlo. Ni siquiera estoy segura de que podamos cambiar la actitud del enjambre. Pero, si nos quedamos aquí, en algún momento el gobierno va a caer y...

—¡Y nuestros padres morirán! —gritó Ila.

—Y, si vamos al puerto espacial, ¡moriremos con ellos! —Nunca había escuchado la voz de Marf con un tono tan agudo—. ¡Es demasiado arriesgado!

—Sin ofenderlos, humanos —dijo Ezger—, pero están siendo muy estúpidos.

—¿Y si fueran tus padres? —le pregunté.

—Los kriks no somos sentimentales —respondió, encogiéndose de hombros—. Mis padres se enojarían conmigo si intentara salvarlos.

Volví a dirigirme a Marf.

—¿Y los tuyos?

Suspiró de nuevo, y lo hizo con tanta fuerza que todo su cuerpo tembló. Luego fue hacia un gabinete.

—¡Por favor! —gritó Ila.

—Deja de gritarme —le reprochó Marf—. No ayuda en nada.

Abrió el gabinete y sacó la misma guitarra roja y dorada que los soldados del gobierno se llevaron de nuestra casa. Volvió al panel de control y le entregó la guitarra a Ila.

—Afina esto, rápido —ordenó Marf—. Cuando despeguemos, estaremos en el puerto espacial en unos minutos.

A Ila se le iluminó la mirada.

—¿Cómo se la quitaste a los del gobierno?

—No se las quité. Hice dos y me quedé con esta. —Miró a Ezger—. ¿Vas a venir con nosotros? ¿O te quieres bajar de la nave?

Ezger se asomó por la ventana para mirar las piedras que estaban regadas por aquí y por allá en el suelo del cañón.

—¿Quieres saber si prefiero quedarme solo en esa roca... o lanzarme contra un enjambre de un cuarto de millón de zhuris furiosos con armas de energía pulsada y ver si acaso la maquinita de música humana mágicamente los vuelve pacíficos?

—No tienes que ser tan negativo —le dijo Marf.

Ezger abrió la puerta de la nave.

—Que tengan suerte. Están locos.

Cuando despegamos, tuve que admitir que Ezger se veía bastante cómodo sentado solo en su roca.

25

¿LOS SONIDOS BELLOS PUEDEN CALMAR A UN ENJAMBRE FURIOSO?

ILA ESTABA EN LA PARTE de atrás de la nave, afinando la guitarra ante un diminuto dron con micrófono que flotaba frente a ella. Yo iba adelante con Marf, observando la ciudad que se oscurecía mientras la atravesábamos en el crepúsculo.

—¡El micrófono no funciona! —gritó Ila.

—¡Aún no lo he encendido! —le respondió Marf, también a gritos—. No te preocupes, las bocinas externas son muy potentes. Cuando llegue el momento, la gente podrá escucharte.

Luego se volteó hacia mí y bajó la voz.

—Lo más difícil de todo esto será esquivar las armas de energía pulsada. Es probable que empiecen a dispararnos en cuanto se den cuenta de quiénes somos.

—Y, si nos dan con una, ¿vamos a explotar?

—No de inmediato. La energía solo hará que el motor deje de funcionar. La explosión se dará cuando choquemos contra el suelo.

—¿Cómo podemos evitarlo?

—Evitaremos quedarnos en un mismo lugar lo suficiente como para que sus armas nos ubiquen. Cuando estemos sobre el enjambre, programaré la nave para que cambie de posición un par de veces por segundo. Eso debería evitar que las armas nos encuentren. Desafortunadamente, también significa que tendremos que tapar las ventanas.

—¿Por qué?

—Porque los cerebros humanos y ororos no pueden procesar cambios tan rápidos en su entorno visual. Gracias al amortiguador de inercia de la nave no sentiremos nada. Pero, si miramos por la ventana, nos desorientaríamos tanto que terminaríamos todos vomitados.

—Si no podemos ver por la ventana, ¿cómo vamos a saber si la música está funcionando o no?

—Tendremos la tele encendida y la esperanza de que sigan transmitiendo en vivo.

Miré la pantalla que estaba arriba y detrás de Ila. El noticiero mostraba imágenes en tiempo real del enjambre en el puerto espacial. Como Marf lo predijo, se iba haciendo cada vez más grande conforme llegaba un flujo constante de zhuris, quizá del grupo que nos atacó en la cárcel.

Marf levantó la voz para hablarle a Ila.

—¡Veinte segundos! ¿Estás lista?

Mi hermana tocó unos acordes.

—Eso espero.

Fui a la parte trasera de la nave para sentarme frente a Ila.

—¿Hay algo en lo que te pueda ayudar?

Las ventanas se cubrieron por unas cortinas oscuras que nos bloquearon totalmente la vista del mundo exterior. Ila se asustó, pues no había escuchado la explicación de Marf.

—¿Qué está pasando?

—¡Diez segundos! —anunció Marf.

—Es una larga historia —le dije a Ila—. No te preocupes por eso.

Marf le quitó el sonido a la televisión y, por primera vez, escuché el ruido del enjambre que estaba cada vez más cerca. Conforme avanzábamos y los gritos se volvían más fuertes, volteé a ver la televisión. Había tantos zhuris apiñados que ya casi no podía ver el brillo del domo que estaban atacando.

—Cinco... cuatro... —gritó Marf.

El resplandor del cerco se encendió de pronto, con un brillo mucho más intenso. Luego desapareció.

El enjambre había logrado traspasar el cerco que protegía a mamá y papá. Ahogué un grito, pero el sonido se perdió bajo el ruido que venía desde la multitud allá abajo.

—... tres... dos...

Ila vio mi expresión y volteó para ver qué me tenía así. El enjambre iba volando hacia abajo mientras los zhuris que ya habían llegado se lanzaban para atacar el hangar donde tenían a nuestros padres.

—… uno… —Apenas alcancé a escuchar la voz de Marf entre la gritería del enjambre.

—¡Aydiosmío!

—¡No mires! —le grité a Ila—. ¡Solo toca!

—¡Micrófono listo!

Un indicador verde se encendió en el micrófono volador mientras la peste a ira de los zhuris comenzaba a llenar la nave. Estábamos justo encima del enjambre.

Ila me miró con los ojos llenos de miedo. Los gritos del enjambre eran ensordecedores. Con la esperanza de que las bocinas de Marf fueran lo bastante potentes como para imponerse sobre el escándalo de allá abajo, hice un gesto como si tocara una guitarra invisible.

Ila no se movió. Solo me seguía mirando horrorizada. De nuevo hice como si tocara.

«¡Por favor, Ila! ¡Toca!».

Mi hermana cerró los ojos y tocó suavemente el primer acorde de «Bajo un cielo azul».

Las bocinas eran tan potentes como Marf nos lo había prometido. El sonido fue tan intenso que me zumbaron los oídos.

Ila hizo un gesto por el volumen, pero no dejó de tocar.

Miré la pantalla. Nuestra nave entró en la imagen como una diminuta gota sobre el océano de zhuris furiosos. Apareció tan rápido que daba la impresión de que salimos de la nada.

De pronto, tan rápido como apareció, se fue... solo para reaparecer de nuevo, ahora a la izquierda de donde se vio la primera vez.

Despareció de nuevo... reapareció... desapareció...

En menos de dos segundos, la nave cambió de lugar media docena de veces, moviéndose en direcciones al azar tan rápido que la cámara de televisión zhuri era incapaz de registrar el movimiento.

Era obvio por qué Marf tuvo que tapar las ventanas. Gracias al amortiguador de inercia no sentíamos ninguno de los cambios de velocidad y dirección, pero me mareé de solo ver la nave saltando de aquí para allá en la televisión. No habría tolerado asomarme por la ventana, ni siquiera de reojo.

Mientras los acordes amplificados de Ila chocaban como olas en mis oídos, intenté ignorar a la nave moviéndose de aquí para allá y enfocarme en la reacción del enjambre. Parecía contraerse con cada suave compás en su camino hacia el hangar y en las partes más animadas se expandía de nuevo.

De pronto, en el cielo, sobre el enjambre apareció un resplandor blanco, parpadeando como una luz estroboscópica. Luego fueron tres, encendiéndose por aquí y por allí como focos, tan brillantes que me dejaron viendo estrellitas.

Nos estaban disparando.

En unos segundos había tanta energía pulsada brillando en la pantalla de la televisión que se volvió imposible localizar nuestra nave. Lo único que podía ver era el enjambre y las explosiones de energía sobre este.

Illa llegó al final de la introducción con guitarra de su canción, abrió la boca y comenzó a cantar.

Sí, la noche ha sido oscura
y los días han sido grises.

Sentí un escalofrío recorriéndome la espalda. Hacía años que no escuchaba a mi hermana cantando en vivo y se me había olvidado lo poderosa que era su voz, especialmente al estar amplificada a cien veces su volumen normal.

Cuando la voz de Ila alcanzó al enjambre, este se estremeció como si lo hubieran golpeado con un martillo. Con el tercer verso comenzó a mecerse.

Hasta que comenzó el canto, la energía del enjambre se había enfocado en tomar impulso hacia atrás y lanzarse hacia abajo para atacar el hangar. Pero, entre más y más zhuris iban cayendo en el hechizo de la voz de Ila, su energía comenzó a moverse de un lado a otro. Lento pero seguro, el enjambre comenzó a mecerse de derecha a izquierda con la misma sincronía que vi en la cafetería.

El olor a gasolina aún llenaba la nave, pero el de miel y menta había comenzado a hacerle competencia.

Cuando Ila llegó al coro, cambió una palabra:

Quiero vivir bajo un cielo verde.
No quiero evadir el dolor solo para sobrevivir.

Aún meciéndose, el enjambre comenzó a expandirse hacia arriba. Los zhuris poco a poco iban pasando su atención del hangar allá abajo hacia la música que salía de las bocinas arriba de ellos.

«¡Está funcionando! ¡Ila está cambiando la actitud del enjambre!».

Mi hermana se recargó en su guitarra con los ojos cerrados, sin saber de nada que no fuera la canción que estaba cantando. El dron con micrófono volaba frente a ella a la altura de su pecho, en un punto medio entre su boca y el centro de la guitarra.

Miré a Marf. Estaba moviendo cosas en el panel de control. Cuando volví a ver la televisión detrás de Ila, el enjambre ya se había expandido tanto que llenaba casi todo el espacio vacío en el cielo donde antes habían estado parpadeando los disparos de las armas de energía pulsada.

Luego la imagen desapareció y fue reemplazada por un presentador zhuri en una especie de estudio de televisión. Quien haya estado a cargo de la transmisión había decidido que ya no mostrarían al enjambre en vivo.

Intentaban mostrarle a todo el planeta lo violentas y terribles que eran las emociones. Pero lo que estaba pasando no era para nada terrible.

Era hermoso.

Así que simplemente apagaron las cámaras.

Estábamos ganando.

Ila iba en el tercer verso y yo ya no podía ver al enjambre, pero sí lo olía. Aunque el aroma a gasolina todavía era fuerte, poco a poco iba ganando el de miel y menta.

Al llegar al puente tras el tercer coro de la canción, Ila abrió los ojos por primera vez. Vio la sonrisa en mi rostro y me respondió con el mismo gesto.

En ese momento nos golpeó el arma de energía pulsada.

De seguro le dio al amortiguador de inercia, porque de pronto quedé de cabeza al otro lado de la nave, con un dolor horrible en el costado por haberme estampado contra el respaldo de una silla.

Luego nos alcanzó otro disparo y nuestra nave se desplomó.

26

MORIR EN EL ESCENARIO

¡BSSSST!

¡Bssssst!

Estaba en el suelo de la nave, con el cuerpo incrustado en la base de una silla. Desde algún lugar escuché el zumbido eléctrico de un cerco.

Las ventanas seguían cubiertas. La luz de emergencia que estaba encendida le daba a la cabina una horrible tonalidad verdosa.

El enjambre estaba furioso de nuevo y gritaba allá afuera.

Adentro apestaba a gasolina.

Me puse de rodillas. Todo me dolía.

Había sangre. No toda parecía ser mía.

Vi las piernas de Ila detrás de una silla y me arrastré hasta allá.

—¿Ila? ¡Ila!

Mi hermana levantó la cabeza y vi la fea cortada, sangrante aún, que le corría desde la sien hasta el nacimiento del cabello. Abrió los ojos apenas lo suficiente para verme.

—Muggh. —Cerró los ojos y volvió a desplomarse en el suelo.

¡Bsssst! ¡Bsssst!

Los gritos eran cada vez más fuertes y el zumbido eléctrico más frecuente. El enjambre estaba atacando con más fuerza.

—¿Ila? ¿Aún puedes cantar?

Sus ojos se abrieron brevemente y con dificultad un par de veces, pero solo para volver a cerrarse.

—¡Ila!

—Nooogh.

—¡Levántate! ¿Por favor?

No me respondía. Pero al menos estaba viva.

¡Bsssst!

¡Bsssst!

¡Bsssst!

Me levanté como pude. Marf estaba al frente de la nave, tumbada sobre el panel de control. Mientras avanzaba hacia ella, casi me tropiezo con la guitarra. Estaba partida por la mitad, con el mástil colgando de las cuerdas.

—¡Marf!

La ororo abrió los ojos.

—Mrrrrmmmm.

Esperé a escuchar la traducción en mi oreja, pero no llegó. Ya no traía el audífono; debí perderlo entre el desastre de la nave.

¡Bsssst! ¡Bsssst! ¡Bsssst!

Creo que Marf encendió el cerco antes de que nos estrelláramos. Fue eso o la nave lo echó a andar de forma automática.

Pero no faltaba mucho para que el enjambre lo cruzara por la fuerza.

Solo yo quedaba en pie.

Corrí a la puerta y la abrí.

Al principio, lo único que pude ver fue el resplandor azul del cerco que me rodeaba en todas direcciones. Parpadeé hasta que mis ojos se acostumbraron y entonces vi a los miles de zhuris histéricos, gritándome detrás del perímetro del domo que estaba a solo tres metros de mí, y sentí cómo mis rodillas iban perdiendo la fuerza para sostenerme.

Un momento antes, la música de Ila los tenía a punto de cruzar el límite de la ira a la alegría.

Pero, cuando la música se detuvo, volvieron a enojarse.

Y ahora querían matarme. Tan solo pensarlo los hacía gritar aún más fuerte.

¡Bsssst! Un zhuri lanzó su cuerpo contra el cerco.

¡Bsssst! ¡Bsssst! Dos más.

¡Bsssst! ¡Bsssst! ¡Bsssst!

«¿Qué puedo hacer?».

No podía cantar. Lo hacía muy mal.

Y, aunque pudiera, no lograrían escucharme. Había demasiado ruido.

«¿Dónde está el dron con micrófono?».

No importaba. ¿Qué podía decir que detuviera al enjambre?

«¡Hola, hola! Acabo de llegar volando desde la Tierra ¡y tengo los brazos cansadísimos!».

De hecho…

Quizá…

«No funcionaría».

«Pero tengo que intentarlo».

Levanté una pierna tan alto como pude y la bajé para dar un enorme paso con la rodilla doblada. Luego hice lo mismo con la otra, caminando lentamente, en la imitación más exagerada y ridícula de un zhuri que pude lograr.

Los zhuris que estaban más cerca del domo echaron la cabeza hacia atrás, sorprendidos.

El otro cuarto de millón ni se enteró. La mayoría no alcanzaba a verme, solo se movía por la ira de los otros.

Seguí avanzando, subiendo y bajando como un muñeco de caja sorpresa, hasta que estuve a un paso del domo. Di el paso más largo que pude y quedé tan cerca del campo eléctrico que mi cabello se erizó. Luego me lancé hacia atrás, fingiendo que me había electrocutado.

Caí sobre mi trasero, con la idea de rebotar en un suelo esponjoso.

Pero estábamos afuera, en el duro pavimento del puerto espacial. No reboté ni un poquito. De hecho, casi me fracturo el coxis.

«Auch…».

Solo me quedaba la esperanza de que eso lo hiciera más gracioso.

Me puse de pie con torpeza y los gritos de los zhuris llenaron mis oídos. No olía nada más que gasolina.

Pero el cerco no había electrocutado a nadie desde que empecé a hacer mis payasadas. Eso era un avance.

Lo repetí, caminando hacia el cerco con las piernas dobladas y luego brincando hacia atrás como si me hubieran dado una descarga. El aterrizaje fue aún más doloroso que la primera vez.

Mientras me levantaba, escuché un rugido a mis espaldas.

—¡Mrrrrmmmm!

Marf estaba en la puerta de la nave. Cuando nuestras miradas se cruzaron, me hizo un guiño.

Aún estaba intentando saber qué me quiso decir con ese gesto cuando oí un chillido ensordecedor y el cerco se encendió. Me di la vuelta justo a tiempo para ver cómo un zhuri salía volando hacia atrás, llevándose a varios a su paso como pinos de boliche.

No a todos les estaba gustando la comedia.

—¡Mrrrrm!

Miré a Marf. Caminaba hacia mí, de manera mucho más lenta y torpe que nunca, con las manos extendidas como si quisiera estrangularme.

La situación era tan confusa que me quedé petrificado hasta que sus patotas estuvieron casi en mi cuello. En el último segundo salí de mi trance y me quité de su camino, escabulléndome bajo sus manos extendidas.

Caí al suelo y, cuando me levanté y me di la vuelta, Marf ya venía hacia mí. De nuevo tenía los brazos extendidos y sus pasos torpes eran tan exagerados que la carne se le mecía de adelante hacia atrás como agua en una tina a la que acabas de darle vueltas.

«Es como si estuviera intentando hacer el ridículo».

«Aaah. Claro…».

Me puse de pie y corrí para alejarme, imitando el andar de los zhuris. Mientras Marf me perseguía en círculos alrededor de la nave, moviéndose apenas lo suficientemente rápido para mantenerme fuera del alcance de sus manos, los zhuris que estaban más cerca del domo comenzaron a retirarse de nuevo y sus bocas tubulares se relajaron.

Pero eran los únicos en el enjambre que alcanzaban a vernos. Aunque estaban retrocediendo, la multitud detrás de ellos seguía avanzando, furiosa. Cada par de segundos, alguien de la mitad del enjambre se abría paso hasta el frente, gritando enfurecido, y se estrellaba contra el cerco. Cuando recibía la descarga, se llevaba de paso a varios de la primera fila y los que estaban gritando detrás de ellos aprovechaban para tomar sus lugares.

O sea que perdíamos fans tan rápido como los ganábamos.

Marf y yo hicimos tres circuitos completos por todo el domo, deteniéndonos en cada vuelta para fingir un forcejeo. Yo ya estaba jadeando y el sudor me escurría.

Pero los gritos de rabia eran tan fuertes como al principio.

Al final de una vuelta larga, me detuve y giré, plantándome a unos cuantos metros frente al cerco. Marf se lanzó contra mí con las manos extendidas.

Me escabullí bajo sus brazos de nuevo y luego me tropecé para caer de boca.

Pero estábamos demasiado cerca del domo y Marf no pudo detenerse a tiempo. Chocó contra la protección eléctrica con un ¡bssssst! ensordecedor, se fue de espaldas y cayó sobre mí.

Me sepultaban casi trescientos kilos de ororo inconsciente.

—¡Mrrrf!

Apenas alcancé a escuchar mi propio grito. Oía el escándalo del enjambre y las descargas del cerco a lo lejos, como si estuviera bajo el agua. Intenté patear y retorcerme, pero tenía demasiada Marf sobre mí.

No podía moverme. No podía respirar. Me iba a sofocar.

Los gritos ahogados se estaban volviendo más fuertes y las descargas ya eran constantes.

Yo tenía una mejilla contra el pavimento e intenté tragar aire, pero no había.

Mis ojos se llenaron de puntos brillantes, como si estuviera viendo fuegos artificiales. Me iba a desmayar por la falta de oxígeno.

«Es mejor que morir envenenado...».

Entonces, se acabó.

Morí.

Escuché a un ángel a la distancia, dándome la bienvenida al cielo con una canción:

Aunque entre placeres y palacios podamos andar,
humildemente, no hay lugar como el hogar.
La belleza de los cielos nos bendice allá
y no hay en el mundo un lugar igual

«Qué canción más bonita», pensé. «Mi hermana la cantaba».

«Ese ángel canta igualito que mi hermana».

«Quizá la muerte no es tan mala».

La voz de Ila debió despertar a Marf, pues la ororo rodó hacia un lado con un gemido y me liberó. Mientras tosía para recuperar el aliento, el segundo verso de Ila llenó mis oídos.

¡Hogar! ¡Hogar!
Dulce, dulce hogar.
No hay lugar como el hogar.
No hay lugar como el hogar

Estaba en la puerta de la nave, con los ojos cerrados y la sangre aún corriéndole por la cara del lado que se había cortado, cantando a voz en pecho en el micrófono.

Y qué bueno que tenía los ojos cerrados, porque, si los hubiera tenido abiertos, quizá se habría desmayado al ver el cuarto de millón de zhuris que se mecían de un lado a otro sobre su cabeza.

Cuando terminó «Home, sweet home», siguió con «What a wonderful world».

Luego con «Tomorrow».

Acababa de empezar «Over the rainbow» cuando el enjambre se separó frente a nosotros. Un grupo de zhuris llevaba a mamá y papá entre la multitud hasta el frente del cerco. Tuvieron que esperar un minuto en lo que Marf, aún entorpecida por el disruptor neuronal del cerco, fue al panel de control para apagar el domo.

Todos nos abrazamos y lloramos, y lo primero que papá nos preguntó fue por qué vestíamos bolsas de basura. Empezamos a explicárselo, pero el enjambre ya comenzaba a desesperarse allá arriba y concluimos que más valía que Ila volviera a cantar de inmediato.

Entonces, mi hermana se secó las lágrimas y, cuando mamá terminó de vendarle la herida en la cabeza con un pedazo de tela que papá se arrancó de la camisa, volvió a cantar con todas sus fuerzas.

No paró hasta que se quedó sin voz dos horas después.

Pero el cerco ya no se volvió a encender, porque no lo necesitábamos.

Si hubo algún anuncio en las noticias de que el gobierno había pasado a manos de alguien más, nos lo perdimos. Para cuando encontramos nuestros audífonos entre el desastre de la nave de Marf, ya estaban anunciando que «todos estaban de acuerdo» en que los humanos y su música eran bienvenidos en el planeta Chum.

27

TRANSCRIPCIÓN DEL PROGRAMA

CANAL CINCO DE LA TELEVISIÓN DE CHUM DÍA 162 D. LL. H. (DESPUÉS DE LA LLEGADA HUMANA)

LAN: ¡Bienvenidos de nuevo al segmento de comedia del Canal Humano! ¡Al frente de la conducción, yo soy Lan Mifune!

NAYA: ¡Y yo soy Naya Hadid! Están viendo el maratón de la cuarta temporada de *Ed y Fred,* y eso fue el cuarto episodio, «¡Fred tiene un perrito!».

LAN: Hoy tenemos en el estudio a nuestro ya conocido panel interespecie de fans de la comedia: Iruu, Marf y Ezger. ¡Cuéntennos! ¿Qué les pareció el capítulo?

IRUU: ¡Muy gracioso! En especial, cuando el perrito dejó su basura corporal por toda la casa. Pero también tuvo partes tristes y feas. No entendí por qué Fred tomó prisionero al perrito.

LAN: Eso no fue lo que pasó...

MARF: Claro que sí. Fred le puso un collar al perrito y lo arrastraba a todas partes contra su voluntad. Y por la noche lo encerraba en una jaula. ¿Cómo pueden decir que no era su prisionero?

NAYA: ¡En la Tierra no era así! Amábamos a nuestras mascotas. ¡Y ellas nos amaban!

MARF: No se engañen, no podían amarlos. Ustedes las tenían dominadas.

IRUU: Quizá solo fingían que los amaban para que les dieran comida. Eso sí tendría sentido.

EZGER: No hubo suficiente comida en este episodio.

MARF: Eso dices de todos los episodios.

EZGER: Porque siempre es verdad. Salvo por el capítulo de la fiesta de comer.

LAN: ¿Te refieres al capítulo del Día de Acción de Gracias?

EZGER: Sí, aunque ese tampoco me gustó. Debieron haberse comido al pájaro antes de que estuviera muerto.

NAYA: Siento que ya hemos tenido esta discusión...

EZGER: Muchas veces. Y siempre han estado equivocados.

LAN: Por mucho que me gustaría revivir la discusión sobre la comida, es hora de leer las noticias. Hoy pasaron muchas cosas en la comunidad humana, ¿verdad, Naya?

NAYA: ¡Así es! Y todo comenzó en el campo de *suswut*. Anoche fue el inicio de la temporada de la Tercera Liga Regional de Chum y, por primera vez en la historia del planeta, ¡compitió un equipo humano! Los Fightin' Ninety-Niners, del entrenador Dave Gunderson, se enfrentaron al equipo Siete Ocho y perdieron por un total de... ¡ay, wow!, treintaitrés mil seiscientos doce... a cero.

LAN: ¿Eso es posible?

IRUU: Sí es posible. Yo vi el partido en la televisión. Fue muy triste. Todos estamos de acuerdo en que los humanos no son buenos para el *suswut*.

EZGER: Pero si el *suswut* es fundamental en nuestras vidas. Y definitivamente no es un juego inútil y tonto que no sirve para nada.

IRUU: ¡Estoy de acuerdo en que no lo es! Y me alegra saber que creas eso, Ezger.

MARF: No lo cree. ¿Recuerdas el panel de discusión de la semana pasada? ¿Cuando explicamos lo que es el sarcasmo?

IRUU: ¡Ah! Sí lo recuerdo. ¿Estabas siendo sarcástico hace un momento, Ezger?

EZGER: Por supuesto que no. Jamás sería sarcástico. Y menos al hablar de *suswut*. Ver grupos de zhuris volando de aquí para allá y aventándose cosas definitivamente no es una pérdida de tiempo para todos.

NAYA: Oooookey... ¡volvamos a las noticias!

LAN: ¡Sí! Pasemos al mundo de la educación. Hoy se abren las inscripciones en la Academia Interespecie Iseeyii para los cursos de música, animación y comedia de improvisación para adultos. Serán bienvenidas todas las especies y no hay requisito de conocimiento previo, así que, si eres humano, zhuri, ororo o krik y quieres aprender más de la vida cultural de nuestro planeta, y al mismo tiempo divertirte por montones, ¡te esperamos!

NAYA: Esto es muy importante. ¡Sobre todo las clases de animación! ¡Nos urge encontrar nuevos talentos para la animación!

LAN: En serio. ¡No podemos repetir por siempre los episodios de *Los Birdley*! ¡Tenemos que empezar a hacer cosas nuevas! ¡Devolverle un poco a este planeta que ha sido tan bueno con nosotros! ¿Qué otras noticias tienes, Naya?

NAYA: Hoy tenemos grandes noticias para la música. Primero, el Equipo Especial Ororo-Humano para la Tecnología Musical acaba de anunciar un gran avance: ¡los ingenieros que trabajan con la información recolectada de archivos video-gráficos humanos creen que han logrado crear un oboe funcional!

LAN: Sí que es una gran noticia. ¿No estás en ese equipo, Marf?

MARF: Sí. Y debo decir que reconstruir el oboe fue mucho más complicado que el trombón. Pero quiero aclarar que este logro aún no está confirmado. No sabremos si el oboe está bien construido hasta que alguien aprenda a tocarlo.

LAN: Crucemos los dedos. Y, si alguien que nos esté viendo cree que tiene el talento necesario para hacer música con lo que, casi estamos seguros, pero aún no del todo, es un oboe plenamente funcional, por favor, ¡contacte al Equipo Especial para la Tecnología Musical de inmediato!

NAYA: Y, por último, aunque no menos importante, ¡la mejor noticia musical de los últimos meses! ¿Quieres darla tú, Lan?, porque es algo que se relaciona muy de cerca contigo.

LAN: ¡Sí! ¡El nuevo álbum de Ila Mifune al fin está listo!

IRUU: ¡Qué maravilloso!

EZGER: ¡Estoy de acuerdo! Y esta vez no es sarcasmo.

LAN: ¡Estará disponible para descarga en todo el planeta en la Frecuencia Uno de Música Humana a partir de esta noche! Y, para celebrar el lanzamiento, Ila dará un concierto gratuito mañana por la tarde en el Centro de Conciertos en Homenaje a los Nugs, afuera de la ciudad.

IRUU: ¡Ya quiero que sea el concierto! ¡Todos estamos de acuerdo en que Ila Mifune es la mayor estrella del planeta!

MARF: No si eres ororo. A nosotros las voces humanas nos parecen chillonas y molestas, así que esa noche nos quedaremos en casa viendo televisión.

NAYA: Si es así, sintonicen el Canal Humano, porque ¡les tenemos preparado un maratón de la temporada diez de *Los Birdley,* que empezará mañana por la tarde! Pero, si van al concierto, recuerden que irá casi todo el planeta, así que ¡lleguen temprano y prepárense para mecerse!

LAN: ¡Todos estamos de acuerdo en que será genial! ¡Allá los vemos! Y no lo olviden: dejen las filas del frente para los kriks, porque son muy bajitos y no verían nada detrás de nosotros.

EZGER: Gracias por mencionarlo. Fue un gran problema durante el último concierto gratuito.

LAN: ¡Un placer, Ez! Estamos para ayudarnos entre todos.